KB170908

나 혼자
마법사다

나 혼자 마법사다 4권

초판1쇄 펴냄 | 2014년 10월 01일

지은이 | L.상현
발행인 | 성열관

펴낸곳 | 어울림 출판사
출판등록 / 2009년 1월 23일 제313-2009-12호
주소 / 서울시 마포구 서교동 395-64 회산빌딩 3층 302호
TEL / 02-337-0120
FAX / 02-337-0140
E-mail / 5ullim@hanmail.net

Copyright ⓒ2014 L.상현
값 8,000원

ISBN 978-89-992-0774-7 (04810)
ISBN 978-89-992-0722-8 (SET)

이 도서의 국립중앙도서관 출판시도서목록(CIP)은 서지정보유통지원시스템 홈페이지
(http://seoji.nl.go.kr)와 국가자료공동목록시스템(http://www.nl.go.kr/kolisnet)에서
이용하실 수 있습니다. (CIP제어번호 : CIP2014025945)

나 혼자 마법사다

4

L.상현 장편소설

목차

레이드   7

태양의 눈물   45

리치   89

박은형   123

아바칸   159

카메라맨   203

신을 만나다   245

레이드

　외국인 세 명은 일단 쓰러져 있는 하루를 나중에 찾아오겠다 하고 근처 호텔에 누워 있는 하루를 내버려 두고 밖으로 나왔다.

　찾아올 수 있겠냐고 채령이 물었지만 기억력 하나는 좋다고 밖으로 나온 것이다.

　모든 대화는 호텔 지배인 덕분에 이루어질 수 있었다.

　서스러가 먼저 숨을 크게 들이마셨다. 고향의 향기보다 좋지 않았다. 피 냄새가 이곳까지 진동을 해오는 것 같았다.

　처음 오는 한국은 모든 게 신기했다. 일단 건물들부터

낯설었다. 그리고 시선이 닿은 건 음식점에 있는 그림들이었다.

한국에 가면 동료들이 꼭 먹어야 한다고 추천한 김치찌개였다.

"다들 나와 같은 생각이겠죠."

"배, 배에서 천둥 치는 게 안 들려? 일단 뭐든 배에 넣어야겠어."

"그치, 완전 배고프다. 일단 출발!"

서스러가 모든 경비가 들려 있는 지갑을 열어보곤 고개를 끄덕이며 배터지게 먹자며 횡단보도를 건너려는 순간이었다.

탁!

빠른 속도로 지갑을 채가는 소매치기였다. 조금의 돈이 들었다면 자비로운 마음으로 그냥 보내주었을 테지만 모든 경비가 들어 있었다. 꼭 잡아야만 했다.

"한국에 저렇게 빠른 사람이!"

"우사인 볼트 보다 빠른 것 같다."

먼저 파르데와 파라데가 손을 빠르게 움직이며 앞으로 달려갔다. 민첩을 올려주는 슈겐도를 사용하고 마치 민첩성에 모든 스텟을 올인한 듯 보이는 자를 따라갔다.

"저자에게 신의 은총이 있길……."

서스러도 두 쌍둥이의 뒤를 쫓았다.

눈앞에서 놓치면 낯선 땅에서 알거지가 돼버린다. 뭐, 레이드를 하거나 몬스터들을 학살하는 방법이 있기도 했으나 지금은 뺏긴 자금들만이 생각났다.

"서라! 이곳엔 왜 저런 자들이……!"

"지금 서면 용서해주지. 그치?"

"제기랄!"

멋모르고 낯선 땅에 온 줄 알았던 외국인들이 자신의 뒤를 바짝 쫓고 있었다. 혼자서 자기만의 수식어를 붙인 '스틸러'인 자신을 말이다.

특히 흑인 두 명이 뒤에서 영어로 뭐라 하면서 쫓아오는데 식은땀이 쭈르륵 났다. 지금 잡히면 무슨 일을 당할지 몰랐다.

흑인들은 모두 총을 가지고 다닌다! 라는 것이 생각났다. 물론 국내에 반입이 안 되는 건 알고 있지만 인벤토리라는 것이 생기고 나서는 모르는 일이었다.

아마 마약도 들여오거나 하겠지.

"살려줘어어어!!"

거의 다 잡혔다. 모든 것을 놓을 때가 된 것이었다. 파르데가 진― 성관음으로 소매치기를 잡았다.

"꽤 멀리까지 나왔어. 후… 그선 나에게 주지."

"그치, 서스러도 오고 있다."

미처 인벤토리에도 집어넣지 못한 소매치기의 손에 있

는 지갑을 뺐었다. 하얀 온을 휘날리며 서스러도 소매치기의 앞에 섰다.

다시 받은 지갑을 열어보며 서스러는 안심을 했다. 환전했던 금액들이 전부 잘 들어 있었다.

"사, 살려주세요…! 살려줘. 뭐 잊어버린 건 없잖아. 안 그래? 살려주세요…….."

소매치기는 서로 영어로 말하는 외국인들을 보곤 몸을 떨었다. 자신의 해석으로는 어떻게 죽일까, 여기 뭐 묻을 곳 적당히 없나, 노예로 부려먹을까 하며 웃고 있는 것으로 보였다.

"어떻게… 그냥 살려줄까 말까."

"아닙니다. 자비라는 것 베풀어야지요. 저희에게 축복이 있을겁니다."

"그…렇지 않지. 벌을 줘야한다. 벌. 할복은… 아니고 헐벗겨 가자."

파라데가 씨익— 하얀 이를 드러내며 소매치기를 쳐다봤다. 오싹한 기분이 드는 소매치기, 도망가고 싶었지만 몸이 움직이지가 않았다.

"…잠깐. 근데 여긴 어디죠."

파라데의 손이 소매치기의 옷으로 향하려는 순간 서스러가 말했다. 그제야 주변을 보는 두 쌍둥이, 무작정 달려왔는데 처음 보는 이상한 곳이었다.

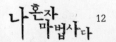

"···어디였지."

엎친 데 덮친 격, 그렇게 기억력에 자신이 있다고 하긴 했는데 어느 호텔인지도 새 하얗게 잊어버렸다.

"······."

"···그치, 우리가 그치······."

길을 잃었다.

'한가한 호텔'의 14층 1406호.

가으하네와 채령, 말랑이는 하루가 깨어나기만 계속 기다리고 있었다. 코를 고는 것을 보니 잔다는 것은 알고 있었다. 갑자기 쓰러지듯 잠이 들었기 때문에 전혀 문제가 없는 것은 아니었다.

"주인님······."

특히나 채령이 걱정을 많이 했다.

하루는 꿈속이었다. 오랜만의 단잠이 몸속의 피로들을 전부 깨끗이 비워내는 것만 같았다.

하루의 눈에서 눈물이 흘렀다. 앞에 보이는 이 파노라마 같은 것들은 모두 예전의 일들이었다.

보고 싶은 얼굴들이 하나 둘 지나갔다.

항상 좋아하는 듯 대해주고 자신을 위했던 지영, 그녀

는 마지막까지 웃었다.

안 지 별로 되지는 않았지만 어른스러움으로 힘이 되었던 아산 아저씨, 그가 죽어가며 부탁하던 복수.

무려 둘이나 죽었다. 그리고 잠들어 있는 엄마, 사실 엄마의 얼굴이 제일 보고 싶었다. 보고 싶다.

가족을 잃은 사람들의 텅 빈 눈과 흐르는 눈물들을 보였다. 그래, 하루가 몬스터로 오해해서 죽인 사람들도 있었고 길거리에서 하늘에게 원망의 소리를 지르는 사람들도 있었다.

'난……'

이 모든 일들은 '게임화' 때문이다. 그렇기에 사람들이 죽어가는 것이다. 거기에 무관심한 정부의 모습도 있었다. 그들도 사람이기에 어떤 대책을 강구해야 했는데 없었다. 자기들 살기 바빴다.

'나에겐 마나가 있지……'

유일한 사람, 아닐 수도 있었다. 게소 사라나 같은 몬스터도 있으니 말이다. 그럼에도 강한 힘을 자신이 지니게 되었다.

'냉정해질 필요가 있다.'

'취할 줄도 알아야 한다.'

더 많은 사람들을 위해 냉정함과 이득이 되는 것은 취해야 하는 것이 필요 했다. 오랜 전투, 이 싸움은 결코 순식간에 끝날 전투가 아니었다.

그만큼 준비하고, 싸우고, 살아남아야 한다. 즐기는 것
도 잊지 말아야 한다. 정신적인 병이 든다면 더욱더 이
세상엔 많은 피해가 갈 것이었다.

'최선을 다해야 한다. 최선을 다해 강해져야 한다.'

항상 자신은 강해져야 한다며 다짐만 했지만 정작 달라
진건 거의 없었다. 성격도 그대로였다. '죽음'이란 것이
머리에 아직 잘 박히지 않았던 탓이다.

'이게 정말, 진짜 게임을 기반으로 만든 것이라면 지금
이 세상은 '초보자' 단계이다.'

그렇지 않고서야 계속해서 더 강한 몬스터들이 출몰 할
수는 없었다. 점점 진화를 해가는 것일 수도 있었다.

"…인님…! 주인님!"

"주인. 주인!"

점점 시야가 밝아지면서 하루가 잠에서 깨어났다. 눈앞
은 흐릿흐릿했다. 볼에 눈물이 흐르고 있었다.

한참을 흐느끼다가 이제야 잠에서 깬 것이었다. 기억이
생생했다. 꿈에서 본 것과 자신이 생각한 것들.

"하아… 하… 후. 그래. 됐어. 괜찮다."

"괜찮아요?"

"그래, 근데… 얼마나 이렇게 있던 거지?"

"이틀… 정도요. 계속 깨어나기만 기다렸다구요."

하루가 고개를 끄덕였다. 왠지 너무나도 차분한 느낌에 이질적인 기분이 들긴 했지만 무사했으니 그것만으로도 다행이었다.

"연락 온 건?"

"없는데… 뭐 누구 기다리는 사람 있어요?"

흘린 땀 때문에 다른 옷으로 바꿔 입을 하루는 옷깃들을 매만졌다. 채령의 말에 하루는 그냥 고개를 흔들었다.

사실 박 대통령에게 연락이 왔으면 했다. ∀의 정체를 알아봐 달라고 했으니 말이다.

'직접 전화를 해봐야 되나.'

지금 할 선택지는 세 가지였다. 칸드라를 찾기 위해 숲 속을 헤맨다. 콩나물 씨앗을 심어서 천공에 닿는다. ∀에 대해 더 알아보기 위해 돌아다닌다.

두 번째 방법인 콩나물 씨앗에 물을 공급하는 것은 이제 알 것만 같았다.

'마법… 얼음을 녹인다.'

그전에 할 것이 또 생각났다.

"일단 집에 가자."

그렇게 하루와 소환수 셋이 일어났다. 이미 머릿속에서 외국인 세 명은 잊어버린 지 오래였다.

"으아아아! 오 마이 갓!! 성스러운 기적의 신이시여…

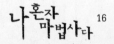

왜 저희에게 잘못된 길을……."

서스러가 성서를 가슴에 품고 슬픈 표정을 지었다. 벌써 달린지 이틀이 지났다. 배를 채우긴 했지만 불안한 마음을 채우진 못했다.

사방팔방으로 빠른 속도로 달리며 돌아다녔다. 가까워지겠지, 가까워지겠지 생각했지만 실상은 점점 멀어지고 있었다.

"아따~ 어디서 왔는가? 시방 지금 외국인 구경할 때가 아닌디."

"야가 가고 가가 가드냐. 어따~ 옷 봐라, 까리하네."

원래 알던 한국어와는 많이 다른 억양과 말을 구사했다. 다른 나라인가 생각도 했으나 건물들의 간판은 그대로였다.

"기적이 꼭 필요하다. 서스러."

"그치, 많이 필요하다. 그를 어서 데려가야 한다."

파르데와 파라데 두 쌍둥이가 서스러를 쳐다봤다. 모든건 자신 때문에 일어난 일이다. 자신이 지갑을 빼앗겨서이리 된 것이었다.

간절히 기도를 해야 했다. 자신이 뭘 잘못한 것일까? 가는 곳마다 틀린 방향이었다.

"오… 신이시여……."

서스러가 성당을 발견하고는 그곳으로 뛰어갔다. 신의

은총이 기다리길 바라면서.

 박 대통령은 급속도로 퍼지기 시작한 미국에서의 정보를 인터넷을 통해서 사람들이 알기 시작한 것이다.
 정말 생각지도 못하고 있었다. 다른 나라들에서도 이미 같은 연구가 진행되고 있었다. 아니, 더 뛰어났다.
 '중형 몬스터 이상의 사체는 각종 자원으로도 쓰일 수 있으며 고급 장비들의 재료가 된다. 중형 몬스터 이상의 사체는 사라지지 않는다. 중형 몬스터 사체의 가격은 강함에 따라 가격이 달라지지만 약 30억 정도의 가치를 지녔으며 그 이상의 몬스터들은……'
 대충 이 정도였다. 실제로 받은 돈들을 증거자료로 보여주기까지 했다.
 "뭐 30억?"
 "그럼 우린, 우린 지금까지 30억의 1/10 정도만 받은 거야?"
 "이거 정부가 날강도네. 미쳤네. 돈을 얼마나 받으려고!"
 사람들은 들고 일어났다. 30억짜리를 겨우 몇 천에 지금까지 팔았다. 그에 정부가 긴급히 '우린 아는게 없었다. 정부가 안것도 이 내용들을 본 바로 직후이다.'라고 대처를 했긴 했지만 그걸로 끝은 아니었다.

"왜 정부는 외국과 소통하지 않았는가!"

"왜 정부는 다른 나라도 따라가지 않는가!"

대충 이 정도였다. 그리고 덩달아 사냥을 가거나 레벨을 올리는 사람들도 증가를 했다.

10인 공격대, 25인 공격대 등으로 중형 몬스터 사냥을 위해 작업에 들어간 것이었다.

사체의 가격도 물론 증가 했다. 대기업들도 사체를 사들이기 바빴다. 새 기술, 새 자원들은 돈이 되기 때문이었다.

비밀로 하려던 것들이 모두 들통 나 버린 것이었다.

'다 내 불찰이다.'

쿵!

박 대통령은 책상을 내리쳤다. 뭔가 일이 자신의 생각대로 잘 이뤄지지가 않았다.

물론 하루도 그 사실을 접했다.

"30억? 와… 대박인데. 일단 돈 좀 벌어야 할까."

각종 장비와 물건들이 생겨날 것이다. 과연 하루의 장비를 뛰어넘는 장비가 나올 것인가 의문이긴 했다.

하루는 고개를 도리질 했다. 공격대와 여러 가지 정책들이 바뀌기까지 기다리는 것이 더 안전할 듯 했다.

'그래, 바뀔 징조야. 외국… 선진국들 중에선 벌써 체계적으로 사냥을 하는 공격대들이 있을 것이다.'

수입이 어마어마할 것이다. 한 달에 두세 번만 레이드를 한다면 그야말로 대기업 못지않을 것이다.

다시 하루는 아니지? 하고 생각을 했다. 어쨌든 자신은 하나의 중형 몬스터를 혼자 잡을 능력이 충분했다. 그리고 보조로 딜을 넣을 수 있는 노동꾼(?)이 셋이나 있었다.

"나갈 준비 해. 오늘부터 사채들을 모아봐야겠어."

"사채요? 뭐, 몬스터 잡으러 가는 거예요?"

"지금 바로 나가도된다. 나는 준비가 항상 되어 있다. 검을 어서 사용하고 싶은 기분이 마구든다."

"주인, 지금 출발하자."

하루의 입 꼬리가 올라갔다. 이렇게 일을 하고 싶어서 안달난 노동꾼(?)들을 제대로 쓰지 않는다면 멍청한 것이었다.

"중형 몬스터 잡으러 갈 거야. 일단은."

사채가 사라지지 않는 중형 몬스터들, 대형 몬스터란건 아직 모른다. 앞서 나났던 게소 사라나와 빅풋, 뱀파이어들은 모두 S급 몬스터로 네임드 몬스터로 분류가 되고 있었다.

"전 잠시… 아니다. 가요. 잡으러."

처음으로 할 일이 생겼다. 자금을 모으는 것 먼저다.

어떤 행동에도 제한을 받지 않게 말이다. 그리고 사람들의 사냥 하는 모습도 봐야할 것 같았다.

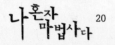

혹시나 나중에 혼자서는 잡기 어려운 몬스터라도 나타 난다면 같이 잡아야 하는데 각 특성이나 레이드 방식 등 을 몰라선 안됐다.

유정은 두 볼을 얇은 손가락으로 가렸다. 그녀가 느끼 고 있는 감정은 부끄러움이었다.

일이 잘 됐다는 건 이미 잘 알고 있었다. 그렇기에 님이 오길 기다리고 애처로운 듯한 표정이었다.

"연락 언제오지…? 어서 와야 하는데. 지금 잠도 잘 못 자고 있어. 아니야, 이러면 하루 만날 때 얼굴이 이상 할 텐데."

뱀파이어와의 싸움, 어려웠지만 잘 처리하고 한국을 지 켜냈다는 것을 사람들은 칭찬하고 칭송 했다.

이틀이나 지난 지금, 많이 피곤할 테지만 생각할 시간 은 충분히 있었을 것이다.

'내 고백을 못 들었나…? 아니면 거절… 아니야, 생각 을 하고 있는 걸 거야.'

"날 거절하면 안, 안 되지!"

유정은 두 손을 불끈 쥐며 자신감 있다는 목소리로 말 했다. 그러나 고개는 왜 자꾸 숙여지는지 모르겠다.

혼자서 침대에 뒹굴며 여러 가지 상상이 들었다.

이불 킥도 하고 하루와의 밤에 대한 생각도 드는 것이 나중엔 미쳤나 자신의 머리를 때렸다.

"내가 잡고 있을 테니까. 모두 협공하는 거다."

하루는 셋에게 말했다. 중형 몬스터가 앞에서 숙면을 취하고 있었다. 비록 선공 몬스터는 아니었지만 일반인에겐 위험한 몬스터였다.

가으하네는 근접 딜러, 말랑이는 탱커, 채령은 채찍이긴 하지만 나름 원거리 딜러였다. 거기다 최고의 화력을 자랑하는 하루의 공격.

4인 파티라고 볼 수 있었다. 하루가 아직 보진 못했지만 테이머들도 혼자 중형 몬스터를 잡을 수 있었다. 물론 소환수들이 강해야만 했다.

"컨트롤!"

하루는 마나를 움직이기 시작했다. 중형 몬스터를 꽉 잡아버렸다. 속박 스킬이 생겼다고 알림음이 들려왔지만 무시하고 명령을 내렸다.

"일단 말랑이, 어그로 끌어!"

사전에 이미 설명을 했었다. 때려서 몬스터가 자신을 보고, 공격하게 만드는 것이 어그로라고 이미 설명을 했다.

거대화를 쓰고 말랑이가 달려갔다. 그 뒤로 채령과 가

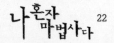

으하네의 순간 폭딜, 중형 몬스터는 하루가 채 마법을 쓸 필요 없이 죽어버렸다.

"…어떻게 가져가지?"

인벤토리에 넣어보려고 했지만 '너무 큽니다. 인벤토리에 넣을 수 없습니다'라고 말만 들릴 뿐이었다.

결국 들고 갈 수밖엔 없었다. 무려 30억을 호가하는 중형 몬스터이기 때문에 이대로 버리고 가는 건 멍청한 짓이었다.

중형 몬스터들을 싹 슬고 인벤토리에 넣어서 한 번에 팔려던 하루의 계획은 물거품이 되어버렸다.

'그러고 보니 2억… 생각하지 말자.'

빅풋을 잡음으로써 받은 돈 2억이 수중에 있었다. 물론 세금으로 많이 떨어져 나갔다.

적어도 빅풋 정도론 100억은 넘게 받아야 했다. 배신감이 들었지만 '우린 이제 알았다'라는 정부 입장을 일단은 믿기로 했다.

"어머, 어머. 웬 몬스터를…….."

"이하루 아니야?"

"와 대박, 그 기사 난지 얼마 되지도 않았는데… 대박. 그것도 혼자 잡았어. 30억을 혼자 먹네."

하루가 컨트롤로 중형 몬스터를 공중에 띄운 채 마을로 오자 신기한 표정으로 사람들이 쳐다봤다.

이미 익숙한 시선이었기에 별 상관은 없었다. 다만 인터넷에 터질듯 기사들이 올라오는 것뿐이었다.

[유일 마법사 이하루, 30억!]
[혼자 사냥가도 뭐… 중형 몬스터 정도는 잡아줘야죠?]
[대기업들 이하루에게 러브콜?]

빠르게 사진까지 올라갔다.

모든 사람이 있으면 있을수록 좋다는 돈, 대기업들은 기사를 접하고 있었다. 멍하니 중형 몬스터 사체에 대한 논란에 대해 진위여부를 가릴 때가 아니었다.

'저건 우리가 매입해야 한다!'

이게 대기업들의 입장이었다. 차들이 신호를 무시하고 달리기 시작했다.

하나같이 대기업들에서 중요 직을 맡고 있는 사람들이었다.

"어디… 에서 팔아야할까. 잡화점?"

"잡화점에서 가격을 제대로 쳐줄까요. 주인님?"

"그야 난… 모르지. 일단 가보기는 해볼ㄲ……."

투두두두두—

하늘에서 웬 헬기 소리가 들려왔다. 하루는 무슨 일이 생겼나 하고 쳐다봤다.

빙빙 돌더니 하루의 머리 위에 그대로 떠 있었다. 착륙을 할 곳도 없는데 왜 저러지 하는 순간, 헬기 문이 열리고 사람 하나가 떨어졌다.

"어어……!"

새로운 자살인가 했는데 낙하산이 펼쳐지며 내려왔다. 그는 검은색 정장에 왼손엔 검은 가방이 들려 있었다. 바닥에 착지한 그는 바로 하루에게 뛰어갔다.

"이하루 님? 이하루 님!"

"…주인, 죽일까?"

"기다려. 어디서 오셨죠?"

하루도 그에게 다가갔다. 딱 보면 일반 회사원 복장이었다.

"저는 한연그룹의 연우철 과장이라고 합니다. 이하루 님."

"근데 헬기까지… 원래 저렇게 떠도 되나요? 그것보다. 왜 저를?"

연우철이 하루의 등 뒤에 떠 있는 중형 몬스터를 바라봤다. 저절로 꿀꺽 침이 삼켜졌다. 이번 거래를 성사하지 못한다면 월급은 없으리라 상부에서 지시가 떨어졌다.

"혹시 중형 몬스터를 파실 생각 있으신가요? 저희 한연그룹에서 매입을 하려 합니다. 30억에……."

하루의 눈빛이 보였다. 똑바로 쳐다보고 있으니 뭔가

홍정이라던가 할 생각하지 말라는 뜻으로 보였다.

"아니, 이제부터 사냥하는 중형 몬스터들을 40억에 매입하겠습니다. 어떠신가요. 이하루 님?"

나이가 좀 있는 분이 계속 존대를 쓰니 불편했지만 왠지 기분은 좋았다. 더불어 원래 30억 생각하던 몬스터를 40억에 팔게 되었으니 어쨌든 좋은 것이었다.

"그러죠."

"그럼 계약을……."

"계약을 왜합니까? 그냥 파는 건데."

"저희 한연그룹과 거래를 하게 되었으니 안전하게 계약을 해두시는 게……."

연우철은 눈을 가늘게 떴다. 계약을 미리 해놔서 잡아놓고 있지 않으면 다른 기업들에서 치고 들어올 수도 있었다. 40억 보다 가격을 많이 부르면서 말이다.

"그럼 계속 팔아야 하는 겁니까? 만약 다른데서 더 비싸게 사겠다하면 그쪽에 팔 건데요."

몇 억이 왔다 갔다 하는 거래다. 더 비싼 곳에 팔겠다는 것은 하루의 당연한 생각이었다.

연우철은 틀렸다 생각했다. 계약 같은 것을 할 생각은 전혀 없는 것이었다.

"그럼 일단 이 중형 몬스터를 매입하겠습니다. 여기 명함… 또 사냥을 나서실 때 불러주시면 가지러 오겠습니다. 여기에 계좌 번호만 써주시면 됩니다. 네."

하루는 연우철에게 받은 명함을 잠시 보다 집어넣고 건넨 종이에 계좌 번호를 적었다.

헬기를 가지고 온 이유는 중형 몬스터 때문일 것이었다. 끈을 연결한 뒤, 헬기가 하늘로 날아올랐다.

"계좌로 바로 입금 해드리겠습니다!"

연우철은 90도로 인사를 하고는 가버렸다. 뭔가 길거리에서 순식간에 거래가 끝났다. 40억짜리 거래, 인터넷은 또 다시 헬기 등장과 하루의 거래에 관해서 뜨거워졌다.

"이제 사냥하고 부르기만 하면 되네. 귀찮지 않아서 좋다."

"주인님… 계속 사냥하실 건가요."

"주인, 고기. 그 소고기라는 것이 맛있다 하던데."

"뷔페라는 것도 난 알고 있지, 그 부드러운 살결에 흘러내리는 육즙이란 단어가 매우 좋더군. 내가 생전엔 그런 것들을 많이 먹었는……."

하루는 인자한 모습으로 고개를 끄덕였다. 돈이 있는데 뭔들 못해주겠는가, 이 정도면 지금 고깃집 하나를 차려도 될 정도였다.

여전히 유정에 관해서는 생각조차 하지 않고 있는 하루였다.

하루는 곧바로 며칠 동안 중형 몬스터를 잡는 작업에 착수했다. 대부분 한연그룹에 연락을 해서 그 사채를 처리했으며 하루의 통장엔 200억이 넘어가는 거금들이 쌓였다.

다른 대기업들에서도 러브콜이 쇄도하고 있었지만 대부분 가격이 30억대였으며 다른 곳에 판다 싶으면 한연그룹에선 더 높은 가격으로 사들인다 했다.

한 곳의 단골이 더 좋을 수도 있었기에 일단은 한연그룹에만 중형 몬스터를 팔기로 마음을 먹었다. 다만 계약서 같은 건 작성을 하지 않았다. 어떤 일이 생길지 몰랐기 때문이다.

"탱커 진입! 어그로 확보하세요!"

필드에선 다른 공격대가 이미 중형 몬스터를 사냥 중이었다. 처음으로 보는 것이기에 하루는 주위에 털썩 앉아서 구경을 시작했다.

"어그로 확보 했습니다. 원거리 딜러들 공격 개시!"

"힐! 힐! 생각보다 많이 아프다고!"

탱커의 체력이 쭉쭉 내려갔다. 중형 몬스터의 공격력은 엄청 강했다. 계속 리젠 되어서 한 번 습성이나 공격 패턴 등을 알아내면 사냥하기가 수월했다.

"어따 빈말이야. 어그로나 잘 끌어!"

의사 가운을 입은 사람들이 손을 뻗자 탱커의 몸에서 초록색 빛이 일어났다. 상처들이 치료되는 게 보였다.

한 번, 지영을 병원에 데려갔을 때 본 적이 있었다. 근데 힐을 사냥에서 사용할 정도라니, 색달랐다.

모두 같은 옷, 의사 가운을 입고 있는 것을 보니 뭔가 옵션이 달린 장비겠거니 생각하곤 다시 중형 몬스터에게로 눈을 돌렸다.

"뭔가 이상하군. 왜 저리 힘들게 여러 명이서 한 몬스터를 잡는 거지? 강해보이지는 않는데."

가으하네가 말했다. 그의 말이 맞긴 했지만 어디까지나 하루와 세 소환수에 한해서였다. 일반적인 레이드 공격대에겐 힘든 것이다.

그 순간, 중형 몬스터에게서 커다란 소리가 났다.

"힐! 힐 날려! 탱커, 정신차려!"

탱커가 중형 몬스터의 공격을 버티지 못하고 튕겨져 나갔다. 피가 흘렀으며 정신이 혼미했다.

탱커의 부재는 곧 공격대의 전멸이었다. 앞에서 기꺼이 맞는다는 사람은 없었기에 탱커의 수는 항상 부족했다.

"이 병신아! 다 죽는다고!"

머리를 흔들며 치료는 완전히 된 탱커가 정신을 차리려

안간힘을 썼다. 그때까지 중형 몬스터가 가만히 있는 게
아니었다.

쿵쿵 발을 구르며 원거리 딜러들을 노렸다. 체력에 거
의 모든 포인트를 투자한 탱커들과는 달리 원거리 딜러
들은 몸이 약했다.

힐이 들어올 새도 없이 죽어버리는 것이다.

"컨트롤—"

하루의 눈썹이 꿈틀거렸다. 감히 중형 몬스터 따위가
사람을 죽이려든다니, 짜증이 났다. 사람이 죽는걸 보기
싫은 것도 있었기 때문이다.

중형 몬스터가 파란색 줄기 같은 것에 멈추자 그제야
정신을 차린 탱커가 어그로를 다시 끌려 했다.

방어력이라는 스텟이 생기는 경우가 있지만 그건 어디
까지나 극소수, 보통 탱커들은 체력에 스텟들을 모두 투
자한다.

"일단 딜! 딜러들 모두 공격해!"

더 이상 하루는 마법을 쓰지 않았다. 그냥 중형 몬스터
를 꼭 잡고만 있을 뿐이었다.

저들도 목숨을 걸고 레이드를 하는 것이다. 경험이란건
중요하다. 그걸 알고 있기에 하루는 직접 처리를 하지 않
은 것이었다.

모든 딜러들이 움직이지 못하는 중형 몬스터를 개 패듯

이 팼다.

결국 쓰러진 중형 몬스터, 하루는 그제야 컨트롤을 해제했다.

"방금 뭐지? 어디서 많이 본건데?"

"마법사다! 마법사가 도와줬어!"

"까딱하면 죽을 뻔했잖아, 와 진짜!"

그들이 주변을 두리번거리며 하루를 찾았지만 이미 하루는 자리를 벗어났다. 더 이상 볼 건 없었기 때문이다.

"30억… 이게 30억짜리?"

"한 번에 몇억이나… 와. 목숨 걸만하다."

하루가 방금 구경한 레이드 공격대의 사람 수는 총 10인이었다. 좀 더 늘릴 필요가 있어 보였지만 적당히 클래스 별로 있었다.

힐러 세 명과 탱커 한 명, 다섯 명은 원거리 딜러와 근접 딜러들로 구성되어 있었다. 남은 한 자리는 상황판단을 하는 사람인 듯 지휘자가 있었다.

"저대로 또 레이드 가면 죽을 것 같은데. 뭐, 내 앞에서만 죽지 않는다면… 괜찮다."

하루가 중얼거렸다. 전혀 모르는 사람들을 구하러 다닐 수는 없다. 그러나 앞에서 죽는 꼴은 왠지 못 볼 것 같았다. 특히 몬스터들에게 죽는 것은 너무 처참했다.

채령이 하루의 등을 톡, 톡 쳤다. 등을 돌려 보니 뭔가 머뭇거리는 것 같았다.

"왜? 무슨 일 있어?"

"그게… 혹시 잊고 계신가. 아니면 생각 중이신가 해서요. 그 유정이라는…….."

하루는 계속 고개를 갸웃거렸다. 유정이가 왜, 뭔가 했었나? 말을 아끼며 미간을 찌푸리는 채령을 쳐다보고만 있었다. 답답했다. 말을 하려면 끝까지 해야 하지 않는가?

"유정이가 왜, 빨리 말해."

"…고백."

입을 앙 다물고 있던 채령이 한 단어만을 일단 뱉었다. 그것에 또 뭔 말인가 생각하던 하루가 완전 까먹고 있었다는 듯 입을 떡하니 벌렸다.

드디어 생각이 났다. 세 여자가 모일 때, 밖으로 나갔을 때, 유정이가 유가족들이 나타나기 전에 바로 무슨 말을 했는지 말이다.

"어, 어떡하지. 일단 만나기는 해야겠지? 아아 오늘 사냥은 안 되겠다. 하루 종일 잡으려고 했거니 안 되겠네."

말랑이가 입을 꾹 다물었다. 채령도 마찬가지였다. 중형 몬스터가 쉽게 잡히기는 했지만 뭔가 피곤했다. 하루가 그저 컨트롤로 속박만 하고 있었기에 모든 딜은 세 명에서 넣었다.

"괜찮다. 난 아직 싸우고 싶다. 우리끼리라ᄃ… 왜 그런 눈으로 쳐다보는 거지."

가으하네의 천연덕스러운 말에 채령과 말랑이의 강렬한 시선이 느껴졌다. 하루는 그 말에 잠시 고민하더니 고개를 끄덕였다.

"그러던지, 그럼 일단 한연그룹 불러와야겠지?"

위험하진 않을까 걱정도 됐지만 가으하네가 있는 이상 쉽게 무슨 일을 당할 애들이 아니었다. 채령과 말랑이의 레벨도 간간이 올라가고 있고 말이다.

바로 울상이 되는 채령과 말랑이었다. 하루는 뒤돌아 필드를 빠져나갔다. 채령에게 돈도 있고 집으로 찾아오는 길도 알고 있었기에 걱정 되는 건 없었다.

"여보세요? 유정아…? 좀 봤으면 하는데. 그래, 거기서 보자."

"끼야아아!"

하루의 전화를 받고 약속 장소까지 잡은 유정은 집이 떠나갈 듯 소리를 질렀다. 며칠째 아주 소식이 없던 하루에게 전화가 왔다. 애타게 기다리던 연락이었다.

연락이 없어서 맥주로 밤을 지새우고 다크서클까지 내려왔다. 차인건가 혼자 생각을 하며 말이다.

"어떡하지. 어떡해? 옷! 입을 옷! 아니지, 일단 얼굴을… 아악!"

이미 지금 자신의 모습은 만신창이었다. 옷장을 열어보니 입고 나갈 옷들이 없었다. 옷장이 가득 차있었지만 눈에 들어오는 옷은 없었다. 오늘따라 화장도 잘 먹지 않는 것 같았다.

"하루야……!"

만나기로 한 곳은 커피숍이었다. 자주 들리는 곳, 알바생은 물론 사장의 얼굴도 알 정도였다.

커피숍 입구에서 하루의 얼굴이 보이자 유정이 뛰어갔다. 10cm 적당한 구두에 하늘거리는 원피스, 머리는 포니테일 스타일로 묶은 채 상큼한 표정이었다.

"안녕. 일단 들어갈까?"

하루의 표정은 그에 비해 약간 경직되고 뭔가 생각이 많은 듯했다. 커피숍에 앉아서 커피가 나오고 나서까지 아무 말이 없었다. 좀 어색하다고 할까, 그런 공기였다.

달달한 캬라멜마끼아또의 휘핑크림을 빨대로 살짝 맛본 하루는 그제야 작은 손을 말아 쥐고 있는 유정을 향해 입을 열었다.

"유정아, 그때 고백. 고마워, 고마운데… 난 지금 할 일도 많고……."

쪽.

"……!?"

"이래도?"

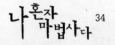

쪽. 쪽.

"이래도 싫다고 할 거야? 난 계속 좋아했었단 말야. 이렇게 보내긴 싫어."

유정의 손이 부들부들 떨렸다. 자신도 어디서 이런 자신감이 생겼는지 모르겠다. 그냥 저절로 행동이 이뤄졌다.

하루도 당황했는지 입술을 매만졌다. 싫은 게 아니라 황홀한 표정.

"유정아, 나는… 읍!?"

유정은 두 번이나 자신의 기습 뽀뽀가 성공하자 이제는 아예 테이블 위에 무릎을 꿇은 채로 하루의 입술을 덮쳤다.

부드러운 것이 하루의 입안으로 들어왔다. 커피향이 맴돌고 부드러운 혀까지 입안에서 맴돌았다. 멍하니 머릿속이 비는 듯한 느낌이었다.

츄―읍.

몇 분이 지났을까, 하루와 유정의 입술이 떨어졌다. 알바생도 보고 있다가 곧 정신을 차리고 둘의 곁으로 다가왔다.

"소, 손님 여기서 이러시면 안 됩니다."

"네… 하루야?"

유정이 멍한 하루의 앞에서 손을 흔들었다. 그러자 하

루가 그 유정의 손을 잡고는 일어섰다.

"일단… 나가자."

눈이 너무 많았다. 몇 분 동안 구경을 하던 손님들이 쿡
쿡 웃기 시작했기 때문이다. 부끄럽기도 했기에 커피숍
을 빠져나왔다.

유정의 손을 잡고 거리를 걸었다.

"하루야……."

"후… 나 계속 어디 갈 수도 있고 왔다 갔다 할 수도 있
어. 네임드 몬스터가 나오면 목숨까지 걸고 잡을 거야.
엄마도 살릴 방법을 찾아야 하고……."

손에 힘이 들어가는 것이 느껴졌다. 유정이 꽉 하루의
손을 잡은 것이다.

"손 놓지 않을 거야. 하루야."

유정의 말에 하루는 유정을 안았다. 한 번도 해본적은
없었지만 왠지 안고 싶다는 생각이 몸을 지배했다.

거대한 고라니, 두 발로 서기까지 하면 그 크기가 6m
를 넘어갔다. 중형 몬스터인 것이다. 초식 동물형이라
잡는 것도 그리 어렵지 않았다.

"딜러!"

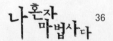

유한정의 말에 모두들 뒤에서 공격을 퍼부었다. 그럼에도 유한정만을 노렸다. 본래 자신에게 위협이 되는 생물체를 공격하는 습성인데 가깝거나 혹은 귀찮은 듯 앞에서 방해를 하는 놈들을 공격한다. 그 위치를 맡고 있는게 바로 탱커의 역할이다.

"후. 이번도 이렇게 끝이네요. 다음 몹은 어딨죠?"

천령시 덕분에 스텟이 줄어들었던 조준호는 원래의 몸과 페이스로 이미 돌아와 있었다.

로벨리아 전체의 자금을 모으기 위해 두발 벗고 열심히 중형 몬스터 사냥에 나선 것이었다.

체계적으로 중형 몬스터들을 처리하고 대기업들에게 팔다 보니 어느새 자금들이 꽤 모이고 있는 추세였다.

로벨리아 정규 공격대, 로벨리아 정공이라고도 하는데 가입을 희망하는 사람들도 생겼다.

보통 하루에 한 마리나 두 마리는 잡고 있으니 그 수급이 대단했다. 그러나 리젠 되는 시간이 불규칙했으며 중형 몬스터들의 분포도가 그리 많지는 않았다. 경쟁이 좀 치열했다.

"아니야. 오늘은 여기까지 하지. 헬기 올 때가 됐는데."

"유 대장님, 더 헤도 되지 않나요? 아직 해도 밝은데요."

"알아볼 정보가 있다. 대기업들 동향이 좀 이상해, 뭔가 진행이 되고는 있는 것 같고. 정부 쪽도……."

중형 몬스터들을 여러 공격대에서 사냥을 시작하고 나서 대기업들이 구입을 해갔다. 그 과정에서 세금은 나갈 수밖에 없고 그 금액은 정부에게로 간다. 물론 공격대 대장이 그 돈을 또 대원들에게 나눈다.

아마 지금쯤 많이 바쁠 때이긴 했다. 연구나 중형 몬스터로 여러 가지 사업 기획안, 중형 몬스터에 대한 세금 문제까지 있긴 했다.

문제는 너무 움직임이 심상치 않다는 것이었다.

"얼른 가죠. 그 전에 일단 블랙 워커를 만나보는 것도 좋을 것 같은데요."

"너무 비싸, 중형 몬스터로 번거 다 정보비로 들어갈 수도 없고… 표면적으로 문제는 언제든 들어나게 되어 있어."

로벨리아는 지금 상황에서 발 빠르게 대응하고 더욱 강해져야 한다. 중형 몬스터는 이제부터 많은 돈이 될 것이고 로벨리아가 핵심이 되어야 했다.

몬스터 레이드는 계속 발전하고 있다. 분명 국가를 위협할 만한 게소 사라나와 같은 몬스터도 나타날 것으로 예상하고 있다.

'우리는 정부가 국가를 위해 힘을 써달라고 할 정도의

사람이 되어야 한다.'

유한정은 중형 몬스터 사체의 머리통을 밟고 끌고 갈 헬기를 기다렸다.

"뭐라고…? 지금 이게 사실이란 말입니까? 그럼 그동안 우리 박사 진들은 도대체 뭘 하고 있던… 후."

박 대통령이 놀라운 눈으로 보고서를 바라봤다. 중형 몬스터 하나로 발생하는 이익들을 보니 장난 아니었다. 30억을 300억, 아니 더 가격이 오를 수도 있었다.

더 놀라운 것은 이틀 만에 이러한 것이 검증되고 바로 투입 될 수도 있을 정도였다.

그동안 실험에 투자한 것이 얼만데 이걸 알아내지 못한 지금 지하에 있는 박사 진들에게 화가 나는 것이었다.

"그림자. 후… 아닙니다. 감정적으로 처리할 순 없죠. 하아… 지금 싱크홀들도 보통 문제가 아닌데요… 문제군요."

박 대통령은 인상을 팍 썼다. 무슨 이유인지는 모르지만 싱크홀이 여기저기 생겨나서 골머리를 썩게 만들었다.

유독 한국에서만 이런 일이 일어났다. 다른 국가들은 조용한데 말이다.

조사대를 꾸려서 보내긴 했지만 소득은 없었다. 많은

산업화나 지하에 생기는 던전 때문, 즉 게임화 때문이라는 추측도 있었다.

"임기가 얼마 남지도 않았는데요. 이대로 가다간 엉망이 되겠군요."

박 대통령은 고개를 흔들었다. 이 직을 계속 이어나갈 것은 아니었다. 이어나갈 수도 없었다. 그렇기에 그 전에 많은 힘을 비축해두려던 것이었다.

이미 실세는 자신이다. 뒷 세계에서 활동하는 ∀도 있었다. 몇몇 뛰어난 능력자들도 있었기에 임기 후의 생활은 괜찮을 것이다.

다음에 올라오는 대통령도 아마 자신의 눈치를 보겠지 했다.

쿵!

문이 열리는 소리가 났다. 달아오르는 몸은 어쩔 수 없다. 하루는 유정의 목을 잡고는 입술로 얼굴이 향했다.

둘은 이미 술에 많이 취한 상태였고 처음 느껴보는 감정과 몸의 이상함을 행동으로써 풀었다.

"하으… 웃……."

유정의 깊은 소리와 함께 하루는 펌프질을 해댔다. 서로의 몸이 벗겨진 채 몸의 열기가 좀 사라지자 둘은 서로 누가 먼저랄 것 없이 잠들었다.

"으음… 음……."

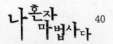

햇살이 눈을 살짝 비췄다. 붙었던 눈이 점점 떠진다. 머리가 지끈 아파오는 것이 술 냄새까지 올라왔다.

하루는 머리를 헝크리며 손을 뻗었다. 물컹, 물컹물컹, 손에 뭔가 부드러운 것이 잡혔다. 기분이 좋은 촉감에 미소가 지어졌다.

"……?"

그제야 눈이 팍 떠졌다. 앞에는 귀여운 얼굴이 있었다. 하루는 튀어 나오려던 소리를 손으로 바로 막았다. 생각이 나질 않았다.

어떡하지, 촉감이 너무 생생했다. 볼을 꼬집어보지 않아도 꿈이 아니라는 것을 알았다.

"응… 으응…….."

유정도 이제 잠에서 깨려는 듯 보였다. 새하얀 속살에 분홍빛 꼭지까지 다 보였다. 놀란 하루가 이불을 좀 끌어당겼기 때문이다.

"하루다. 히, 꿈인가? 우웅…….."

눈을 뜬 유정은 하루를 보고는 미소 지었다. 아마 알몸으로 그러고 있으니 꿈이겠지 했다.

유정이 하루의 팔을 끌어 옆에 눕혔다. 그리고 꼬옥 안았다. 하루는 그 어떤 짓을 할 수가 없었다. 당황하기도 했고 나름 좋았…기 때문이다.

부드러운 살결과 콧소리, 절대 잊을 수는 없을 것만 같았다.

"유정아…? 유정아…….."

"하루… 좋아… 흐음…….."

머릿결을 쓰다듬어 주고만 싶었다. 잠꼬대 하는 듯 기분 좋은 표정을 하고 있는 것이 귀여워 미칠 것만 같았다.

유정의 눈이 팍! 하고 떠졌다. 정신을 차린 것인가? 그리곤 하루를 밀쳐버렸다.

"지, 짐승……!"

침대 밑으로 하루가 넘어가고 유정은 자신의 현재 상태를 확인했다. 아무것도 없었다. 완전히 헐벗은 상태, 알몸이었다.

눈물이 갑자기 핑 돌았다. 왜 그런지는 몰랐다.

'처, 처음이었는데. 처음… 힝.'

하루는 그런 유정을 보고 자신이 무슨 짓을 했는지도 몰랐다. 깨어보니 둘 다 알몸이었다.

"정신이 좀 들어?"

"히… 으앙… 생각도 안나는데에…….."

자신의 처음을 하루가 가져간 것에서 화가 난 것이 아니었다. 생각이 나지 않아서였다. 이런 중요한 순간을 술 때문에 놓친 것이었다.

"무효야! 다, 다시 해! 헙!"

유정은 무의식적으로 생각할 것을 내뱉고는 입을 급히

막았다. 하루는 못 들었을 수도 있었다. 옷을 주섬주섬 입고 있었기 때문이다.

'내가 미쳤지. 이하루.'

하루가 한숨을 내쉬었다. 여기저기 날아가 있는 옷들을 집었다. 유정에게 건네려는데 이불이 걷어졌다. 여벌옷을 장착하고 비로 침대에서 나온 것이었다.

"배, 배고파. 밥 먹어."

"그래."

하루가 씩 웃었다. 아무리 생각해도 좀 귀여운 것 같았다.

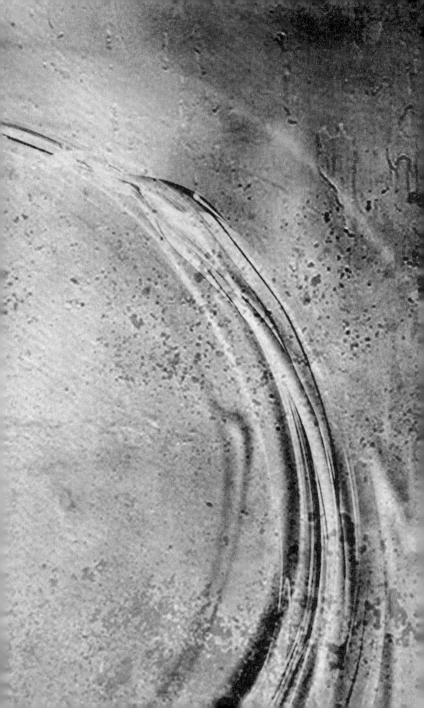

태양의 눈물

　하루와 유정은 그럭저럭 간단히 먹고 헤어졌다. 모텔 일은 얘기를 하지 않고 그냥 평상시 얘기를 했다.

　집으로 돌아온 하루를 채령이 제일 먼저 맞이했다. 눈초리가 좀 날카로웠다.

"어제 어디서 잤어요?"

"그, 있어. 사냥은 뭐 잘 됐어?"

"여자 향수 냄새나는데… 주인님 수상한데, 혹시! 설마!"

　채령의 눈이 커졌다. 여자의 촉이란 무서운 것이었다. 낌새를 알아챈 하루가 얼른 뒤로 물러섰다. 그렇지만 채령은 이미 고개를 끄덕이고 있었다.

뒤로 도망을 친 하루는 어색하게 웃으며 방으로 들어갔다.

"흐아……."

채령이 소리치며 불렀지만 하루는 방에서 나가질 않았다. 촉감과 유정의 알몸이 갑자기 떠올랐다.

이내 고개를 도리질 했다. 해야 할게 많았다.

콩나물 씨앗, 이걸 사용해 볼 때였다. 전에 읽은 아이템 설명을 다시 떠올렸다.

'많은 물이 필요하다… 마법을 이용하라는 거겠지.'

첫 시도는 보기 좋게 무산됐지만 이젠 각오를 하고 올라갈 때였다. 혹시 몰라서 생필품과 여러 가지 먹을거리, 육포 등을 챙겼다.

"준비 단단히 해, 나도 어떻게 될지 모르니까. 정신 차리고."

미리 셋에게 신신당부를 해뒀다. 구경꾼들이 있었다.

전에 불러달라고 했던 그 사람이었다.

딸려온 사람들이 꽤 많긴 했으나 따라 올라가겠다는 사람은 없었다.

"위험해. 따라갔다간 그냥 개죽음일 듯."

"캬~ 나도 저런 능력 좀 있었으면 좋겠다. 그러면 므흐… 흐흐……."

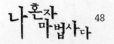

"아이스 스톰— 파이어—버스터."

하루는 곧바로 콩나물 씨앗을 심은 뒤에 아이스 스톰을 시전 했다.

10초 후에 터져서 파편들이 튕겨나가긴 하지만 상관없었다. 녹이는 시간은 충분 했다.

소환한 불덩어리를 천천히 아이스 스톰 가까이에 대면서 거리 조절을 했다. 자칫 순식간에 증발이 될 가능성을 염두에 둔 것이었다.

'갔다 올게. 유정아.'

이미 전화 통화를 해서 말을 했다. 걱정되는 듯한 유정이었지만 더 이상 뭐라고 하지는 않았다.

앞으로도 여러 일들을 할 것을 알았기 때문이다.

바닥에 심은 콩나물 씨앗이 반응을 보였다. 싹이 자라나고 있었다. 그것도 급속도로 말이다.

구경꾼들의 목소리도 점차 올라갔다. 하루가 계석 반복되는 마법을 쓰면서 콩나물 씨앗이 있는 곳 위에 물들이 흠뻑 떨어졌다.

파편들도 주변에 박혀서 녹아 바닥에 스며들었다.

투두두두두!

"오, 올라간다!!"

순식간에 팽창하는 모습, 다섯 갈래로 나뉘어졌다가 하나로 이어져서 하늘을 향해 올라가는 모습이 장관이었다.

하루가 셋에게 눈짓을 했다. 콩나물 줄기를 잡았다. 아미 더 이상 마법을 쓸 필요는 없을 것 같아서 해제했다.

벌써 저 아래 사람들이 개미같이 보였다. 구름들이 길을 열어주고 있는 것 같이 하늘이 보였다.

'천사. 천사… 엄마를 살릴 수 있는 천사.'

반드시 있길 바랐다. 지금 올라가는 이유가 그것이기 때문이다. 설렘과 흥분이 가득한 모험 따위를 하려는 것이 아니었다.

"주인님!"

"컨트롤ㅡ!"

하늘엔 많은 것들이 있었다. 인터넷에서도 밝혀지지 않은 정보였다. 지금 눈으로 보는 것만으로도 수십 마리였다. 용 같이 생기긴 했는데 전혀 달랐다.

하루의 곁으로 세 마리 정도가 달라붙었는데 올라가면서 그냥 견제만 해도 될 정도였다. 나머지 셋도 마찬가지, 아 말랑이는 혹시나 해서 소환 해제를 해두었다.

둘은 그렇게 하질 못하니 같이 줄기를 잡고 있을 수밖에 없었다.

"뭐 이리 많이 올라 가는 거야?"

불평을 늘어놓으며 하루는 파이어ㅡ버스터로 달라붙는 녀석들을 떼었다.

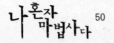
나 혼자
마법사다 50

왜 항공기가 지금 제안 되어 있는지 100% 공감이 갔다. 하늘을 지배하고 있는 놈들 때문에 항공기가 뜨지 못하는 것이었다.

다시 한 번 구름 위로 올라왔다. 그리고 콩나물 씨앗은 성장을 멈췄다.

"어… 아."

귓가에 천공 도시 조우라를 발견했다는 알림음이 들려왔다.

그러나 하루가 그런 것에 신경을 쓸 시간은 없었다. 고개를 돌려가며 주변을 보는 하루는 그저 놀란 표정일 뿐이었다.

온통 새로운 모습이었다. 아니 정말로 판타지 세계라면 이런 모습이어야 했다. 게임화 된 세상, 그 자체를 보는 듯한 하루는 얼른 방어구를 착용했다.

"인…간이르다."

가루다였다. 인간의 몸에 독수리의 머리, 날개와 팔 다리를 지니고 있었다. 이곳에 있는 모두가 같은 모습이었다.

가루다는 인도의 신조로 잘 알려져 있었다. 태양신으로도 알려져 있기도 한다. 태양을 운반하는 신으로 알려졌으니 말이다.

'신과 대등한 능력을 가지고 있다는… 것밖에는 생각이

나지 않는다.'

"어떻게 여길 올 수 있는 거지? 날개도 없는데 말이다. 신기하르다."

여러 마리가 다가와 주변을 봉쇄했다. 크기는 딱 가으하네의 두 배 정도, 매우 큰 것이었다.

가으하네가 검을 꺼낼 준비를 했다. 위협적인 행동을 취하는 것은 아니었지만 분위기가 이상했다.

하루도 가만히 있는 건 아니었다. 누구보다 위협에 지금 노출되어 있는 채령을 자신의 뒤로 끌었다.

"저희는……."

"인간은 이곳에 있으면 안 되르다."

쿵. 가루다들이 바닥을 치더니 창이 떠올랐다. 딱히 좋아보이지는 않았지만 기세가 공격적이었다.

대화 좀 나누려고 했더니 그건 안 되나 보다.

"일단 진정 좀 시켜두고 말을 해야겠다."

불덩이들을 날리며 뒤로 이동을 했다. 가으하네는 검을 휘두르며 가루다들을 상대하고 있었다. 그런데 뭔가 이상했다. 가으하네의 공격이 너무 손쉽게 막히는 느낌이 왠지 불길했다.

더군다나 하루의 파이어—버스터도 별 충격을 주지 못하는 느낌? 지금까지도 사망한 가루다는 없었다.

"우린 하늘 가까이 사는 종족이르다. 그딴 불덩어리 따위는 아무것도 아니르다."

"채령아, 도망쳐! 도망!"

부우우웅—

물러나야 하나 생각하는 중 반대편에서도 수백 마리의 가루다들이 날개를 활짝 펄럭이며 오는 것이 보였다. 뱀파이어들과 싸웠을 때는 차원이 달랐다.

"주인님……!"

그 광경을 제일 먼저 본 것은 채령이었다. 엄청난 수, 아무리 하루라도 어려웠다.

매직미러를 치고 일단 상황을 지켜봤다. 사방이 막혀있었기에 가루다들은 신기한 듯 건드렸다.

하루는 가으하네 쪽을 쳐다봤다. 한 쪽 무릎을 꿇고 갑옷이 군데군데 상해있었다.

'가으하네가… 무릎…….'

신음을 삼킬 수밖에 없었다. 개개인의 실력이 어느 정도길래 가으하네가 당한다는 말인가, 가으하네가 당한다는 것은 상상도 못해봤다.

"신… 신과 필적할 힘이라더니… 진짜……?"

"한없이 약한 인간, 감히 가루다족에게 덤비르다니. 미쳤구르다."

이렇게 빨리 제압당하고 강한 상대를 만날 줄은 몰랐다. 중형 몬스터는 명함도 못 내밀 것이다. 이렇게 강한 놈들이 지금 눈앞에 수백 마리가 있었다.

"와 헐, 이거 진짜야? 근데 왜 여기 사람들은 안 따라갔데?"

"무서워서 그러지, 목숨 걸고 누가 올라가?"

하루가 없는 한국, 콩나무 씨앗에 대한 영상과 함께 걱정과 우려의 목소리가 같이 나타났다.

'혹시 다른 네임드 몬스터라도 나타난다면 어떡하나'라는 말들이 많았다. 언론사들도 기사를 내보낼 정도였다.

몇 번의 몬스터 습격으로 인한 피해가 극심했고 두려움에 떨고 있었다.

"이쯤이면 이름 좀 알려야 하지 않겠어?"

"이미 레이드 쪽에선 저희를 모르는 곳은 거의 없죠. 좀 더 뭔가 필요해요. 하다못해 그 쉴더라던가······."

"쉴더는 이미 국가 소속 아닌가? 그리고 우리라도 충분히 이슈지."

유한정과 조준호는 얘기를 주고받았다. 새 것의 냄새가 나는 벽, 그들은 이제 지하에 기지를 두고 숨지 않았다. 당당히 사무실 하나를 구매했다.

중형 몬스터를 계속 사냥하고 팔고 한 대가였다. 대원들의 얼굴빛도 나름 환해졌다.

각 자신들 조끼리 해서 중형 몬스터를 사냥 나가기도

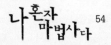

했다. 굳이 이제는 유한정이나 조준호가 참가하지 않아도 됐다.

턴에이가 로벨리아를 많이 신경 쓸 것이다. 툭하면 자신들의 문양을 가지고 원한이 있는 사람들을 찾는다. 그리고 지금에선 로벨리아 정공이라는 이름이 높아지고 있는 추세였다.

"정부 쪽 사람들은 아직 연락이 없나."

"아직 없습니다. 아무래도 상황이 좋지 않게 흘러가는 만큼 정부도 많이 조심을 하겠죠."

아예 대놓고 활동을 함에도 ∀는 움직이지 않았다. 아무래도 정부 쪽 사람이다 보니 여러 가지 일들이 걸리는 것 같다는 것이 로벨리아의 예상이었다.

전사들 중에서 거의 최고로 손꼽히는 유한정은 쉐도우 복싱을 계속해서 하고 있었다. 물론 아무나 되는 게 아니었지만 검은 갑옷의 검사(가으하네)에 대한 도전 의식이 강했다.

"검은 갑옷… 소환수가 맞나? 하지만 그렇게 강한 건……."

"블랙 워커 정보에 의하면 맞습니다. 히든 소환수라고 합니다. 소드마스터 등급의."

"흠… 레이더들 별 문제는 없이 중형 몬스터들을 사냥하고 있지? 우리들 순위는?"

"현재는 4위정도. 아직까진 별 말이 나오지 않고 있습니다."

중형 몬스터를 잡는 레이드, 레이드를 하는 사람들을 레이더라고 불렀다. 로벨리아 산하로 총 3개의 정공이 운영되고 있었고 하루에 좀 무리를 하면 두 마리 정도의 중형 몬스터를 잡았다. 그 이상을 잡으려 해도 개채수가 지금은 부족했다.

유한정이 우려하는 것은 수입 배분 때문이었다. 어딜 가나 돈 문제는 있기 마련, 몇 억이나 되는 돈들을 로벨리아가 거의 다 가져간다. 물론 각 대원들에게 돌아가는 돈이 있긴 했지만 전체 금액에 비하면 좀 적은 감이 있었다.

턴에이에 대한 복수, 그것을 위해 움직이긴 했지만 사람 마음은 한결 같은 게 아니었다. 지금은 별 문제가 없지만 언젠가 상황이 악화되어 나타날 것이었다.

"그땐 그때 가서 생각해야겠지. 나누는 방식을 바꾸던가 올리던가⋯⋯."

"아직은 뭐 어수선 하니까⋯⋯."

조준호는 고개를 끄덕이며 방을 나갔다. 그동안 모은 돈들이 꽤 있다. 이젠 한정 원정대 때 잃은 대원들의 가족을 챙겨줘야 했다. 아직도 같이 지내던 얼굴이 생생하다.

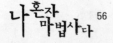

"블리자드."

굳은 얼굴로 하루는 블리자드를 시전했다. 아직 매직 미러는 건재하다. 들어보면 이들은 화염 저항이 거의 100%에 달한다.

한 마디로 전혀 공격이 통하지 않는 다는 뜻, 그렇다면 반대 속성인 얼음은? 많이 아플 것이다.

또한 무기로 싸울 생각은 하면 안 되겠다. 가으하네도 밀리는데 하루가 이길리가 없다. 물론 마법을 섞어 써도 되지만 복잡할 뿐이었다.

"어쩌지. 쉽게 죽을 수 없는데, 특히 이런 이상한 곳에 선."

"주인님. 뭘 어떻게 하시려고요. 그냥 항복하고 제대로 대화를 해보는 게…….."

"일단 기를 죽여 둬야지. 뱀파이어 꼴 나게."

채령의 얼굴에 그림자가 졌다. 다른 가루다족들도 마찬가지, 태양이 가려지는 듯한 느낌을 받았다.

"……!?"

"모두 피하르다!!"

전속력으로 자신들의 자리를 이탈하기 시작했다. 주변에 있는 잡화점이나 무기점, 그들의 공간들이 부서졌다. 더 큰 피해는 바로 생명을 잃은 자들이었다.

차가운 얼음이나 물과는 먼 가루다족은 블리자드의 냉

기에 몸이 얼어붙고 날개 짓이 더뎌졌다. 이탈해서 살아 남는 것은 어디까지나 범위 밖 소수였다.

"처참하네. 마나를 너무 썼나…? 가으하네. 괜찮아?"

"괜찮다. 잠시 발에 쥐(?)라는 것이 난 것이다. 문제없 다. 전혀 다친 것이 아니다."

주변엔 온통 가루다족의 시체뿐이었다. 하루의 뒤쪽에 서 공기가 찢어드는 듯한 소리가 들려왔다.

채 하루가 눈치를 채기도 전에 가루다의 창이 하루의 몸통을 찔렀다.

팅!

"뭐…야."

다들 가루다족 한 마리가 하루의 등에 창을 꽂고 있으니 놀랐다. 그러나 피해는 없었다. 갑옷에 의해 막힌 것이 다. 아니, 공격은 들어갔지만 엄청난 생명력 흡수에 단 거 같지 않았다.

하루는 놀라다 밀고 가루다족 한 마리를 보고 컨트롤로 속박 시켜버리고 옆에 아이스 스톰을 시작했다.

"으… 으아아! 가루다아아족이!"

"이럴땐 살려달라고 해야지. 가루다족."

"살려주세요."

몸을 떨며 좀 전까지 비명을 지르던 가루다족이 울상이 됐다. 정말 찌질한 표정으로 보면 됐다. 하루는 이제 9초

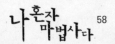

가 지나 터지려 하는 아이스 스톰을 캔슬해 버렸다.

"우리 대화라는 걸 하면 좋잖아요?"

"너는 평범한 인간이 아니구루다!"

덤비지도 못할 거면서 노려보는 것이 영 정상적인 놈이 아니라는 것은 눈치를 챘다. 주변에서 가루다족들이 날아와서 견제를 히는 것 같았다. 그렇지만 덤벼들 생각은 하지 못했다.

주변에 늘어져 있는 시체들을 단 혼자, 하루가 해낸 일이었기 때문에 그들도 충분히 위험하다는 느낌이 들었을 것이다.

"혹시 천사 없나? 생명을 살리는 물건이라던지…….."

"천사…? 그건 죽으면 가는… 근데 그건 왜?"

"알거 없고. 빨리 아는 거 다 말을 하란 말이야. 시간 끌지 말고!"

눈치를 살살 보며 말도 느리게 하는 것이 뭔가 수상쩍었다. 그런 것을 놓칠 하루가 아니었다. 가으하네가 주변을 경계하고 있었다. 혹시나 한 번에 달려들 것에 대비하고 있었다.

많은 수의 가루다들이 죽었지만 아직 많이 남아 있었다. 블리자드를 한 번 더 쓸 수는 있었지만 그럴 필요는 아직 느끼지 못했다.

지금 잡혀 있는 가루다는 죽을 맛이었다.

'인간이… 인간 따위가!'

모두 죽음을 당했다. 이들 중 친구라곤 없었지만 그래도 종족이 공격당하고 졌다. 이 인간을 죽이면 이들보다 뛰어난 것이다.

최대의 속도로 날아서 인간의 몸통에 창을 꽂아서 꼬챙이로 만들 예정이었다.

팅!

공격이 전혀 들어가지 못했다. 자신의 창은 쇠도 뚫는 무기인데? 라 생각하고 당황하고 내빼려는 순간 잡혀버린 것이었다.

이제 곧 죽는구나 생각할 때 인간이 용서의 기미를 보였다. 눈치만큼은 누구 못지않게 단련을 해왔다. 1초의 망설임 없이 대답을 했다.

그런데 돌아온 건 엄청난 협박(?)이었다. 이 인간은 분명 이상한 게 맞았다. 천사 따위를 여기서 찾다니 말이다.

"이… 시간을 끌다니! 난 위대한 가루다족으로서……."

사실 이제 곧 아마가르 님이 오실 때였다. 영웅 아마가르 님만 이곳으로 바로 오신다면 이 인간은 그대로 죽은 목숨이다. 그 옆에 여신이 납치를 당한 것 같았다. 꼭 구해내야만 했다.

"아이스 스톰. 5초 준다."

"생명… 새, 생명을 살리는 물건? 엘릭서?"

"엘릭서……?"

"그렇다. 전설 속에 있는 물약으로 신의 힘이 깃들어 있는 귀한 것이지. 우리 아마다르 님 ㅇ……."

지금 자신이 무슨 말을 하는 것인가, 감히 아마다르 님을 입에 올리다니! 뭔가 잘못되기라도 하면 살아도 죽은 목숨일 것이다. 주변에 다른 가루다들도 다 들었을 것이다.

가루다가 입을 막자 하루가 인상을 썼다. 아마다르라고 한 것 같았는데 뒷말이 이어지지 않았다.

한편으로는 좋은 정보였다. 이렇게 말하는 것을 보면 엘릭서가 있긴 있다는 것이었다.

"우리 가루다. 한 번 더 말해볼까요?"

하루가 웃으며 가루다에게 다가갔다. 손에서 넘실거리는 마나들이 가루다의 치명적인 곳들로 향했다.

여기 잡혀있는 가루다는 소중한 정보 창고이다. 죽이는 것은 별로 이득이 아니었다. 여기 이곳 천공 도시와 엘릭서에 대한 정보를 더 캐야했다. 말하다만 아마다르라는 것과 말이다.

"잔인해… 주인님."

"아주 고통스럽겠군. 지금 나는 통증을 느끼지 못하는

몸이지만 그건… 생각만으로도 생전의 일이 떠올라."

각각 하루가 하는 짓을 보며 신음을 흘렸다. 더 심한 목소리를 내고 있는 것은 가루다였다. 멀리서 보고 있는 가루다족들도 눈을 돌리는 모습이 보이기도 했다.

생물은 간지럼을 탄다. 감각이 있거나 표현을 할 수 있는 모든 것들은 말이다. 기본적으로 살이 연한 옆구리와 겨드랑이를 하루가 공략했다.

"으, 으아하하으아! 하으어!"

하루가 컨트롤을 해제하고 속박되어 있는 가루다에게 다시 입을 열었다. 말을 끝까지 하라고 말이다.

지옥같은 간지럼이 끝나자 가루다의 몸이 축 늘어졌다. 온몸의 진이 다 빠져버린 것이다.

"키야악!"

"가루루루!"

더 많은 가루다들이 모였다. 아까보다 많아진 것 같은데 좀 더 위협적이었다. 동료들이 오니까 기세가 등등해진 것 같았다.

"아마다르… 님은……."

"뭐?"

작은 목소리로 뭔가 말을 하려는 것 같은데 시끄러워서 잘 들리지 않았다. 이게 다 주변에서 위협을 하고 있는 가루다 놈들 때문이었다.

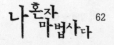

하루가 날고 있는 가루다들을 날카로운 눈빛으로 쳐다봤다. 움찔했지만 이제 자신들의 위험을 알았냐면서 얼굴을 꾸깃꾸깃 화가 났다는 것을 보여줬다.

"수가… 너무 많아요. 다른 데로 가는 게 어떨까요. 주인님……?"

"아니야. 아직 아무 얘기도 못 들었어. 뭔가 있다잖아. 얘가."

속방 당해서 몸이 축 처져 있는 가루다는 귀를 쫑긋 세웠다. 다그닥 다그닥, 소리가 들려왔다. 아직 좀 멀리 있지만 분명했다.

'아마다르 님이 오고 계신다. 어리석은 인간 놈…….'

서스러와 파르데, 파라데는 거대한 십자가 앞에서 기도를 올렸다. 역시나 신을 믿는 곳이라면 기적이 이뤄진다는 믿음은 배반하지 않았다.

이곳 성당의 목사가 서울에 데려다 준다는 것이었다. 물론 그도 이하루를 알고 있다 했다. 그런데 그 전에 몬스터 퇴치를 도와달라는 부탁에 흔쾌히 수락을 했다.

성당을 가끔 괴롭히는 중형 몬스터라는 말을 하니 서스러는 분노했다. 감히 이 성스러운 곳을 노리고 있는 몬스터라니! 당장 처리를 하겠다며 언성을 높였다.

"감사합니다. 증말 감사합니다."

목사는 헬기를 불렀다. 그리고 당장 출발을 한 것이다. 왜 헬기를 부른 것이냐고 물었지만 목사는 인자한 표정으로 여러분이 위험하실 수도 있고 거대한 시체를 치우기 위해서라고 둘러댔다.

그에 서스러는 자연까지 챙길 줄 아는 진정한 사람이라며 칭찬을 아끼지 않았다.

"그런데 셋으로 되겠습니까? 중형 몬스터이라꼬… 제가 아는 원거리 딜러들이라도…….."

"중형 몬스터 따위, 미국에서 많은 전투가 있었습니다. 한국엔 누워서 밥 먹기? 라는 속담이 있다던데요."

"누워서 떡 먹기입니다. 그럼 전 믿겠습니다. 모든 것은 믿음에서 시작되니."

헬기 한 대, 목사와 서스러, 파르데와 파라데가 중형 몬스터의 서식지에 도착을 했다.

아직 정보 유출이 되지 않았고, 국가 내 규정으로 인해 몬스터에 대한 정보들이나 레이드 등은 기밀이었고 철저히 통제를 하고 있었다.

약간만 얘기를 하자면 미국은 각종 몬스터 격퇴용 장비들을 만들고 연구를 활발히 하고 있었으며 영웅숭배 사상이 뛰어났기에 상상력이 자유로웠다.

수많은 미국인들 중엔 유명한 스파이더맨이나 배트맨, 슈퍼맨 등과 비슷한 스킬을 지닌 사람들이 존재했다.

"파르데, 파라데. 시작하시지요. 기적으로써 생명을 빛을 잃게 만들어야 합니다."

서스러가 먼저 성경을 펼쳤다. 오랫동안 전투를 같이 해왔기에 그가 뜻하는 바가 뭔지 잘 알았다. 파르데가 손을 일반적으로 끼는 깍지, 손가락이 바깥으로 나오게끔 했다. 그리고 빛이 터졌다.

"개─ 애염명왕."

"진─ 성관음. 투─ 여의륜관음."

파르데와 파라데를 보면 원거리 딜러이다. 엄청난 공격들이 중형 몬스터를 공격하고, 속박을 하는 것이다.

특히 밝은 빛을 내뿜고 있는 개─ 애염명왕의 딜량은 엄청났다. 순식간에 중형 몬스터의 몸이 휘청였다. 파르데와 파라데는 연속적인 공격이 가능했다.

서스러는 여러 디버프를 중형 몬스터에게 걸었다. 몸이 무거워지고 움직임에 제한을 주는 것이었다.

이미 파르데와 파라데의 공격에 너덜너덜해진 중형 몬스터였지만 어디까지나 안정장치였다. 미국에선 죽었다 생각해도 다시 움직이는 놈이 있었기 때문이다.

"역시, 당신은 기적을 행하시는 분입니다! 어찌 이런 은인이 제 앞에 나타나시다니. 전 참으로 행운압니다."

목사는 시체를 끌어올리라고 헬기에 손짓을 하며 서스러에게 다가갔다. 감격한 듯한 모습이었다.

뿌듯한 표정으로 서스러는 웃었다. 이제 고향에 있는 자신의 사람들을 살릴 이하루를 찾으러 갈 수 있겠구나 싶었다.

"혹시 이 마을에 사시는 분들을 위해 봉사를 몸소 보여주시지는 않으시겠습니까. 요즘 이런 몬스터들이 많이 나타나서… 후."

"죄송하지만 저의 고향도 안전하지가 않아서……."

"그럼 어쩔 수 없지예… 어린 것들이 자유로워질 수가 없는군요. 공포에 떨며 신의 은총이 떨어지기만을 기다려야겠지요. 증말 괜찮습니더, 몇 명 잡혀가면 조용해지는 몬스터 놈들이니……."

"그, 그치… 도와줘야겠지. 우리도 도움을 받기 위해선……."

잠시 고민하더니 파라데가 먼저 입을 열었다. 서스러와 파르데도 고개를 끄덕이며 동의한다는 표현을 했다.

목사는 감사 인사를 하며 다시 헬기를 부르며 세상을 다 가진 것처럼 웃었다. 그리고 한국어로 입금은 빨리빨리 해달라고 재촉했다.

"아마다르? 혹시 가루다족 이름인가, 로드 같은?"

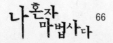

시끄러운 와중에 하루가 추리를 했다. 왠지 가루다족에 어울리는 이름이었다.

하루는 다시 한 번 블리자드를 써야겠다고 판단을 했다. 가루다족들이 너무 시끄럽고 짜증나게 굴었다. 이미 빙 속성에 약하다는 것을 알아챘다. 그때문에 가으하네의 검에도 슬쩍 빙 속성을 인첸트한 상태였다.

"매직미러— 넌 죽지 말아야지. 곧 조용해 질 테니까."

하루는 앞에서 정보를 얻을 대상인 가루다의 머리 위에만 매직미러로 방어를 했다. 그리고 블리자드를 시전했다.

"가으하네, 복수해도 되는데, 이미 떨어지고 있을 거야."

"괜찮다. 나는 복수심 같은 건 없다. 정말로 쥐가 난 것이니까."

"……!?"

하루 앞에 잡혀있는 가루다의 동공이 커졌다. 이미 떨어지고 있다는 것이 뭘 의미하는지 알았다. 멀리서 계속 지켜봤으니 말이다.

어디서 이런 괴물이 나타난 거지 생각했다. 물과 얼음을 만들어 내다니, 대단했다. 아까 불을 다루는 것도 봤다. 아미다르 님은 입에서 불을 내뿜는 정도 일 텐데 겨우 인간 따위가 불을 자유자재로 다루다니, 혹시 신이 아닌가 하는 생각이 들었다.

'아니, 혹시 신이 맞나!?'

가루다족은 태양을 운반하고 그 관련된 일들을 한다. 그렇지만 신은 본적이 없다. 예전부터 해오던 일이었기에 하는 것이다. 가장 뛰어난 가루다 한 명만이 직접 태양에 다가갈 수 있는 특권을 얻는다. 지금의 가루다족의 가장 뛰어난 것은 아마다르 님이었다.

'신이라면 내가 잘못 행동을 하고 있는 것인가! 시험을 위해…?! 상관없다. 일단 같은 종족을 살려야만 했다.'

"피, 피해라아아아!"

온 힘을 다해 소리를 쳤다. 모두에게 들릴 수 있게끔. 가끔 혹은 매일 자신을 괴롭히는 놈들이었지만 이건 가루다족 전체의 목숨이 달린 일이고 복수를 해야 하는 일이었다. 어떻게든 도와서 이 인간 녀석을 몰아내야 했다.

"저 찌질이 뭐라 하는가르?"

"아마다르 님이 오고 계신다. 인간 따위가 감히!"

'머, 멍청한 놈들!'

저들도 아마다르 님이 오시는 소리를 들었을 것이다. 그래서 저렇게 버티고 있는 것이었다. 그러나 '혹시'라는 것이 있다. 아니, 이젠 혹시도 아니다. 머리 위에 그림자와 아름다운 푸른색이 떨어지고 있었다.

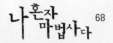

가루다족의 부리만큼이나 뾰족했다.

"끄어얽……!"

"커흑…….."

바닥에 한 층 더 가루다족의 시신이 깔렸다. 아니, 몇몇
은 이 상황에서도 살아남았다. 태양 마차를 타고 아마다
르 님이 인간 녀석을 쳐다보고 있었다.

"뜨거운…….."

하루는 약간의 신음을 흘렸다. 뜨거운 기운이 확 느껴
졌다. 블리자드가 녹는 정도의 화력이었다.

허공에 떠있는 마차, 그리고 그 뒤엔 이글거리는 구체
가 있었다. 하루가 과학 시간에 배우는 태양이란 것과는
그 크기가 달랐지만 어쨌든 거대했다. 게임화 때문에 이
런 놈들이 등장한다는 것쯤은 알고 있었기 때문이다.

"이게 무슨 일이지. 나느다르? 이 인간 녀석은 또 뭐
고."

아마다르는 주변에 널려있는 얼음 파편들이 녹아가는
것과 많은 수의 가루다족이 동시에 죽어 있는 광경을 보
고도 냉정함을 유지하며 물었다.

하루가 속박 시켜둔 가루다의 이름이 나느다르인지, 아
마다르의 말에 답변을 했다.

"이, 이 인간이 그랬습니다. 별로 힘도 들이지 않
고…….."

"여기 대장 같은 건가봐요. 주인님."

"그래, 아마다르? 물어볼게 있어서 물었더니 날 공격하더군. 이럴 생각은 아니었는데, 난 대화만 할 뿐이었는데 말이야."

아마다르는 날카로운 눈으로 하루를 쳐다봤다. 당당하게 나오는 것을 보니 보통 놈이 아니다 라는 생각이었다. 이 많은 가루다들을 죽인 장본인이었다.

"우린 몸의 대화라는 것을 해야겠군. 인간."

"난 이 애랑 할 얘기가 있는데. 우리 가으하네가 복수하고 싶어 하는 것 같은데."

"정 그렇다면 내가 상대를 하지. 새 대가리, 무기는 없나?"

새대가리라는 말에 아마다르의 표정이 미묘하게 달라졌다. 얼굴은 미묘했지만 몸은 붉게 달아올랐다.

가으하네가 빙 속성이 인첸트 된 검을 잡고 아마다르의 앞에 전투 준비를 하고 섰다. 그러나 아마다르는 마차에서 내려오질 않았다. 새대가리라는 말에 흥분을 했지만 어느 때 보다 침착해야 했다.

급해도, 화가 났어도 발밑에 있는 동족을 밟을 순 없었다. 약해빠진 녀석들이었지만 동족이었다.

"나 아마다르, 그대들을 처리하리다."

날개를 펄럭이며 공중으로 떠오르는 아마다르, 그의 손

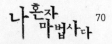

에는 특이한 모양의 창이 들려 있었다. 삼지창처럼 생기기도 했고 방천극이 생각나기도 했다.

남아 있는 가루다들은 소수, 그들도 무섭긴 했지만 아마다르 덕분에 용기가 생겼는지 채령과 하루를 쳐다보며 노렸다. 그러나 하루는 그런 시선과 위협을 신경 쓰지 않았다.

"나느다르? 그럼 이야길 계속 해볼까. 엘릭서, 어디 있는지 아나? 그 생명을 살리는 게 필요하다고! 아니, 아직 죽지 않았지. 그래서 더 필요해. 꼭."

약간 간절함까지 담아서 말했지만 나느다르는 이미 제정신이 아니었다. 감히 아마다르 님이 왔는데 어떻게 이리 태평하고 아깐 쩔쩔 매던 그 이상한 검은 갑옷을 입은 검사가 아마다르 님을 상대하려 하다니, 나느다르는 철썩 같이 아마다르를 믿었다.

아마다르 님은 태양의 기운을 듬뿍 받고 태양 운반을 맡고 있는 가루다족 최고의 실력자다. 쉽게 질 리가 없었다. 그러나 지금 이 상황에서 앞에 있는 이 인간이 끼어든다면 상황이 좀 안좋아질 수도 있다.

'어차피 죽을 인간… 좀 말해도 되려나? 시간을 끌어야 한다르.'

나느다르는 고민하다 입을 열었다.

"엘릭서는 전설의 물약이지. 먼 옛날부터 전해져 내려

오는 것, 우리에게 그 엘릭서 자체는 당연히 없지. 다만 만드는데 주 재료가 되는 가루다족 최고의 실력자에게만 주어지는 태양의 눈물과 순수한 영혼, 와이번의 날개 20개 정도였나… 그 다음으론 나도 모르지만, 인간. 인간의 정체는 뭐지?"

"태양의 눈물, 가루다 최고 실력자? 아마다르 군. 저기 저 녀석."

하루는 귀 기울여 나느다르의 말을 끝까지 들었다. 시간을 끌려고 천천히 말하는 것을 알았지만 가만히 있었다.

뭔가 필요로 하는 것이 많았지만 하여튼 지금 필요한건 저 아마다르에게 있는 태양의 눈물이라는 것이다.

말이 안통하면 그냥 죽일 이유가 생겼다. 지성체가 있는 몬스터지만 죄책감 따위는 없었다. 죽이지 않으면 죽으니깐.

"너무 빼는군. 새대가리. 픽―"

가으하네도 하루가 한 말을 똑같이 따라 아마다르를 놀렸다. 가루다족 최대의 욕은 새대가리가 아닐까 하는 생각을 했다.

조금씩 아마다르의 혈관이 튀어나오며 흥분을 하는 듯 보였다.

전투는 꽤 가으하네에게 좋은 방향으로 흘러갔다. 아

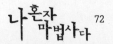

니, 막상 막하였다. 이 정도면 아마다르는 충분히 강했다.

"별 하찮은 놈이!"

허공에서 치고 빠지고 하며 아마다르가 공격을 했다. 창과 검이 부딪치는 속도는 광속이라도 할 수 있을 만큼 빨랐다. 하루라도 창을 저리 능숙하고 빠르게 다룰 줄은 몰랐다.

아마다르는 숨을 들이 마시기 시작했다. 입가에 조금씩 화염이 넘실거렸다. 가으하네가 순순히 드래곤의 브레스와 같은 것을 맞아줄리 없었다.

어떤 위험이 있을지 몰랐기에 행동 하나하나가 빠르면서도 정확해야 했다.

화륵!

강한 불꽃의 숨결, 브레스가 허공을 가로질렀다. 그 피해는 하루에게도 전해졌지만 갑옷과 매직미러의 몇 겹으로 막을 수 있었다.

충분히 강력한 아마다르의 기술이긴 하나 준비 시간이 너무 길었다.

"그냥 내가 상대할까……."

"주인님, 여기 먼저 해결을 하는 게……."

뒤에서 채찍을 휘두르며 소수의 가루다들을 위협하던 채령이 한 마디했다.

그 말에 하루가 주변을 둘러보니 왠지 기분 나쁘게 포위가 되어 있었다.

"그래. 가으하네가 복수하는 동안."

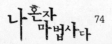

어두운 숲, 빠른 속도로 두개의 인영이 교차되고 나뭇잎을 흔들며 지나갔다. 세 개의 발톱 자국은 깊숙이 고목나무에 박히고 끈적한 진액이 흘렀다.

"허—억. 허—억."

치명상을 입은 채 숨을 헐떡이며 목숨을 겨우 붙잡고 있는 자들이 여기저기 널브러져 있었다. 털 뭉치들도 여기저기 빠져 있었다.

"크큭."

"칸드라!!"

두 개의 인영은 또 다시 부딪쳤다. 어르서퍼와 칸드라였다. 칸드라의 그림자는 없었다. 그런 것을 눈치 채지도 못하고 끊임없이 공격을 주고받았다.

땅이 울리고 숲이 울렸다. 생명체가 있다면 도망치기 바쁠 것이다.

어르서퍼의 몸에도 깊은 상처들이 새겨져 있었다.

"재밌네, 날 잡으러 왔다더니. 이게 끝인가?"

"종족을 배신한 쓰레기! 이 어르서퍼의 힘을 다해 죽이 겠다!"

"입으로는 뭔들 못 죽일까."

공격이 오가면서도 칸드라는 여유를 잃지 않았다. 가끔 검은색 물치 같은 것이 나타나 어르서퍼를 공격했지만 통하지 않았다.

다만, 많이 귀찮을 뿐이었다.

칸드라의 공격 방식은 특이했다. 어르서퍼를 따라서 흉내 내듯 공격을 시도했다. 따라 하기 전에 잠깐의 틈, 영점 몇 초 정도가 비었지만 그것을 헤집고 뭔가 기회를 만들긴 힘들었다.

"채… 채려……!"

허공에 붉은 피가 뿌려졌다. 새빨간 피, 그 사이로 비릿한 표정을 짓고 있는 칸드라가 보인다. 그리고 이제야 알 것만 같았다. 그림자가 보이질 않는다. 사방 어디에도 없다.

왜 그 인간의 얼굴이 기억나는지 모르겠다. 늑대 족은, 웨어울프는 단 하나의 여인만 가슴에 품는다.

"큭…….."

"조용히 살지 그랬어. 난 화풀이는 그 정도로 됐었는데 말이야. 아예 씨를 말려줘야 했나?"

칸드라는 땅바닥에 엎어진 어르서퍼의 가까이 가서 비

아냥거렸다. 그러나 어르서퍼는 그런 칸드라의 말과 모습이 잘 보이지도 않았다.

한 번 보러가려고 했던 채령의 얼굴만 흐릿하게나마 아른거렸다.

'사람을… 사랑해서 사랑했지만 이별이 기다리고 있었네… 채령.'

어르서퍼는 그대로 의식을 잃고 칸드라는 흩어지듯 모습을 감췄다.

채령은 하루가 나선다는 말에 조금 더 용기를 가졌다. 같이라면 무서운 게 없다. 딜이 부족하면 자신이 좀 더 때릴 수는 있다. 근데 때릴 기회도 없이 상대가 죽어가는 것은 어쩔 수 없었다.

"이제 좀 끝나가려나?"

하루는 눈에 보이는 가루다들은 이미 다 처리를 했다. 별로 어렵지는 않았다. 채령에게도 빙 속성이 인첸트 되어 있었는데 그것만으로도 쉽게 죽어나갔다.

나느다르가 오들거리며 이제 자신은 어떻게 되나 생각했다. 눈을 감고 생각해봐도 그대로 검은 어둠밖에 없다.

가루다족의 우상인 아마다르 님도 지금 검은 녀석에게 고전을 하고 있다. 앞에 있는 인간 녀석, 아니 신일지도 모르는 녀석은 가루다족의 인원을 절반이나 감축 시킨 괴물이다.

'어떻게 하지. 아마다르 님이 저리 밀리실 줄은…….'

나느다르는 벌벌 떨었다. 괜히 태양의 눈물에 관한 것을 말했나 싶었다. 이 인간이 정말 필요한 것이라면 정말로 아마다르 님을 죽도록 노릴 것이다. 그렇다면 가루다족의 미래는…….

"가으하네?"

"괜찮다. 멀쩡하다. 나는 아직……!"

갑옷이 군데군데 손상이 가있는 것이 보였다. 가으하네가 들고 있는 검은 멀쩡했지만 정작 본인이 다치고 말았다. 하루는 고개를 내저었다. 가으하네가 상대할 수 있을만한 레벨이 아니었다.

"가으하네, 나와!"

하루가 이만하라고 제지를 했음에도 가으하네는 아마다르에게 검을 겨눴다. 아마다르가 멀쩡한 것은 아니었다. 가으하네의 공격을 허용해서 옅은 생채기들이 나있었다. 그래봤자 보스몹의 체력 차는 것을 막을 정도였다.

"성공 뒤에는 실패가 있다는 말. 들었죠? 안 되요. 아직은⋯⋯."

"그래도 저러다가 당하기라도 한다면⋯ 갑옷이 덜렁거리는데!"

"그것은 가으하네 몫이죠. 감싸기만 한다고 크는 게 아니에요. 더 넓고 위험한 곳에 몰아둬야 큰데요."

"어디서?"

"인터넷에서⋯⋯."

하루는 무의식적으로 살짝 웃음이 나왔다. 많은 것을 인터넷에서 배우고 있구나 싶었다. 안 그래도 기억이 없는데 인터넷에서라도 지식을 잘 습득 하고 있는 듯 보였고 몇 시간씩 컴퓨터 앞에 있는 모습이 이해됐다.

"근데 B⋯ 뭐? 엘이었나. 그건 뭐야. 무슨 파일이 있던데."

"네? 아하하하 그건 아무것도 아니에요. 그냥 소설이에요. 소설. 그건 작가이름이구요. 하하하하."

채령이 웃으며 하루의 등짝을 때렸다. 갑옷이 있어서 아프진 않았지만 뭔가 속은 것만 같은 느낌? 이었다.

하루는 가우하네를 보며 한숨을 쉬었다. 긴장의 끈을 놓지 않고 자신만의 검을 휘두르며, 검과 일체가 된 자신을 휘두르며 아마다르를 압박했다.

소드마스터, 그 자체로도 최고였지만 가으하네는 더 높은 곳을 원했다.

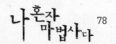

메르헨―

감각적으로 이곳은 자신이 살던 그곳이 아니라는 것을 알고 있었다. 전혀 다른 곳, 세계였다. 사람들의 옷과 행동 몸짓을 관찰해서 더욱 그런 확신을 지니게 되었다.

죽음의 그늘 사선에 있는 정신, 강함을 추구해 어둠과 맞잡은 손에 의해 데스 나이트가 되었다.

이런 녀석들에게 패배라는 감각을 느끼기 위해 목숨까지 내놓은 것이 아니었다.

"초식. 광풍."

가으하네의 대검에 쌓여있던 검은 기운들이 거세게 소용돌이쳤다. 거칠고 상대의 공격에, 행동에 대해 변화무쌍한 검술이 생각났다. 머리 이전에 몸이 움직였다.

날개 짓을 하고 있는 아마다르는 갑자기 몰아치는 바람 때문에 몸이 흔들렸다. 그리고 그것이 승패를 가로 짓는 한 순간의 빈틈이었다.

"이럴 순!"

갈갈이 살이 찢겨지고 피가 터져 나왔다. 바닥으로 추락하는 것은 당연한 것이었다.

모든 것은 나드다르가 보고 있었다. 처참히 떨어지는 자신의 우상, 그리고 가루다족. 이곳엔 움직이지 않는 태양만이 남아 있을 것이었다.

"넘어설 수는 없지만… 가능성을 보았다."

그랜드 마스터로 거듭날 순 없었지만 발끝 정도는 확인했다. 가으하네는 대검을 구름으로 된 바닥에 꽂은 뒤 무릎을 꿇었다. 다리에 힘이 풀린 것이다. 그리고 그대로 정신을 잃었다.

블러드 미르.

뱀파이어들의 도시는 슬픔에 잠겼다. 영면, 힘을 쓰지 않는다면 거의 영원히 살 수 있는 뱀파이어들 거의 다가 잠에 빠졌다. 완전히 깰 수 없는 잠에 빠진 뱀파이어들도 있었고 치명상을 입어 치료를 위해 관으로 들어가는 뱀파이어들도 있었다.

"아르고이다."

"로드… 로드. 쉬셔야합니다. 목숨을 보존하셔야합니다. 뱀파이어들이 한 인간에게 당했습니다."

"얼마나 지나고 나서 깨어날지 모르겠군. 이 세상이 그땐 또 어떻게 변해있으려는지… 그나저나 자네의 딸은… 후. 내가 너무 얕봤다. 인간을."

그렇게 강할지는 몰랐다. 고서에서나 봤을 그럼 인간이었다. 몇 천 년 동안 너무나도 인간들과 떨어져서 살았다.

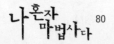

이런 변화도 모르고 당했다. 그것도 꼴좋게 당하고 도망을 쳐버렸다

"다치아, 다치아는… 다치아는 강한 아이입니다. 그런 놈들에게 당했을리가 없습니다. 무사할겁니다."

"블러디 미르를 부탁해도 되겠는가. 아르고이다."

시르패가 치료를 위해, 힘을 비축하기 위해 영면에 들면 대신 로드의 자리를 맡아야 한다.

시신이라도 거두러 가야했다. 다치아, 설마 죽진 않았겠지 생각하며 이런 생각이나 하고 있었다.

시르패가 관에 누웠다. 손수 아르고이다가 황금으로 장식 된 관 뚜껑을 닫았다.

조용히 아르고이다의 흐느끼는 목소리만 들렸다.

몇 시간 뒤, 아르고이다는 고위 뱀파이어들을 모아 불러들였다.

"지금부터 종족 번식을 허락한다. 모습을 들어내도, 은밀히 해도 된다. 회복에… 전념을 다하라."

"그동안 금지시 해왔던 종족 번식을……."

"종족의 위기를 풀어야겠지요."

모두 아르고이다의 말에 고개를 끄덕이며 찬성을 했다.

"크아악—"

회색빛이었던 시신한 구가 일어섰다. 골목길, 건물과 건물 사이의 틈이었다. 몸이 불편했다.

정신을 제대로 차릴 수가 없고 호흡도 일정하지 않았다. 무엇보다도 깊은 갈증이 났다.

"엄마, 내일은 뭐 먹어? 고기? 고기!"

"안 돼. 생활비 별로 없단 말이야."

맛있는 냄새가 났다. 본능적으로 끊을 수 없는 냄새, 그것에 취해 힘이 났다. 좁은 건물 틈 사이를 억지로 억지로 나왔다.

말을 하던 생명체와 얼굴을 맞닥치는 순간 그 생명체 둘은 얼어붙었다. 뭔가 노란 액체까지 줄줄 흘렸다.

"크르… 악!"

늦은 밤, 바닥이 새빨간 피로 물들었다. 무사할거라고, 강한 아이라고 굳게 믿고 있던 아르고이다의 딸, 다치아의 모습이었다.

달빛에 비친 다치아는 본능 밖에는 남아 있는 게 없었다. 그저 피를 원했다.

하루가 무릎을 꿇고 그 모습 그대로 기절을 한 기으하네에게 달려갔다. 물론 죽었을 것이라고는 생각지 않았

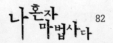

다. 아무런 알림음이 들리지 않았으니 말이다.

"가으하네. 수고했다."

"주인님, 도대체 어떻게 된 거죠…? 이런 모습으로……."

"별일 없을 거야. 깨어날 거야."

굳게 믿고 있었기에 아무런 감성도 없었다. 가으하네를 살펴보던 하루는 아마다르에게 발걸음을 옮겼다. 모습이 희미했다.

마치 잠시 후면 사라질 것 같은 모습이었고 다른 가루다들도 모두 같은 모습이었다.

'태양의 눈물.'

분명 아마다르에게 있을 것이다. 시신을 뒤척이려 했으나 손에 집히지 않았다. 곧 이어서 작은 빛을 발산하더니 사라졌다.

남아 있는 건 없었다. 아무리 둘러봐도 발견되는 건 없었다. 다른 가루다들도 마찬가지, 몬스터라면 당연히 남겨야할 템들이 없었다. 속칭 거지몹이라고도 한다.

"나느다르! 없잖아. 태양의 눈물이란 게 아마다르에게 있다고 하지 않았나? 설마 나한테 거짓말 한건 아니겠지?"

이미 눈앞에 시져 니들을 시전한 상태였다. 나느다르의 눈이 가운데로 몰리며 그 바늘을 덜덜 떨며 볼 수밖에 없었다.

사실 거짓말을 좀 섞기 했지만 태양의 눈물이란 게 있는 건 확실했다. 그렇지만 그게 뭔지, 무슨 물건인지 어딨는지는 몰랐다. 그저 아마다르 님에게 있구나 정도만 알고 있었다.

입을 열 수가 없었다. 열어도 죽고 열지 않아도 죽을게 뻔했다. 아는 게 없으니 더 이상 대답할게 없었다.

"거짓말은 아니라……!"

억지로 꺼낸 목소리, 나느다르는 하루 쪽을 바라봤다. 뒤엔 마차가 있었고 그 마차에 달려 있는 건 붉게 타오르고 있는 태양이었다.

'설마? 아니다. 확실해.'

"풀어주면 마, 말해드리죠. 저…는 알고 있, 있다르."

"아니, 그럴 필요 없어요. 주인님. 뒤에 마차, 계속 쳐다보고 있던데요."

마차로 이동해서 타고 가려던 생각이었다. 그러나 다저 여신 같이 생긴 여자 때문에 망쳤다. 이제 살 구멍이라곤 없었다.

하루는 채령의 말에 뒤를 돌아서 마차를 봤다. 그리고 그 마차에 달려있는 것을 발견했다. 환하게 이글거리고는 있지만 뜨겁거나 숨막힘은 없었다.

"이거구나. 그래, 거짓말을 했어? 뭐하려고 했어. 아니다. 그냥 조용히 죽는 게 좋겠네."

다소 잔인하다 싶을 정도로 나느다르를 찔렀다. 물론 시선은 다른 곳으로 옮기고. 채령도 그 순간은 고개를 돌렸다.

하루는 '태양'이라는 것의 아이템 정보를 확인했다.

이글이글 원석

붉게 타오르고 있는 원성이다. 아직 가공되지 않은 원석이며 값비싼 희귀 원석이다. 가공을 하면 어떠한 형태로 변할지 알 수 없다.

장인 이상의 대장장이만 가공할 수 있다.

"딱 봐도 이거구나. 가공을… 해야 한다는 거지."

하루는 이글이글 원석을 챙겨 넣었다. 대장장이라면 알고 있다. 마나석도 가공해서 장비로 만들어준 대장장이 장대은, 그를 찾아갈 차례였다. 가으하네도 데려가 봐야 할 것 같고 말이다.

하루는 타고 올라왔던 콩나물 나무를 찾았지만 없었다. 분명 있던 자리는 그냥 맨 바닥이었다.

"어떻게… 내려가지?"

하루야 뭐 플라이 스킬이 있으니 땅에 닿기 전에 스킬을 쓰면 되지만 채령은 달랐다. 소환 해제를 할 수도 없고 인벤토리에 넣을 수도 없었다. 그건 가으하네도 마찬가지였다.

그때 채령이 조용히 손가락으로 무언가를 가리켰다. 아마다르가 타고 왔던 마차였다.

"…설마. 되나?"

하늘을 나는 마차, 말은 없었지만 마차같이 생긴 물건을 타고 내려갈 수만 있다면 그야말로 대박이었다. 겸사겸사 계속 애용해도 되고 말이다.

하루와 채령은 다으하네를 데리고 마차에 탑승했다.

하늘 마차

밧줄 한 번을 내리치면 원하는 곳으로 이동한다.

밧줄 두 번을 내리치면 멈출 수 있다. 그 외에도 숨겨진 기능들이 많다. 시험해 봐도 좋을 것 같다. 다만, 위험할 수도 있다.

촥!

하루는 거침없이 밧줄을 튕겼다. 빠른 속도로 뜨더니 허공에 뜨고 달리기 시작했다.

입가에서 미소를 떠나보낼 수가 없었다. 하늘 마차, 다른 사람들이 본다면 정말 엄청난 소유욕을 느낄게 분명했다.

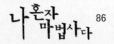

"바로 거기로 가야지. 대장간."

뭔가 이상함을 느꼈다. 아래로 내려갈수록 주변이 어둠으로 변하고 있는 게 느껴졌다. 밤이라고 해야 하나, 저 위에 있을 때와는 시간이 왠지 다른 것 같았다.

"시간이… 다르게 흐른 걸까요."

"내 생각도 같아. 피곤한 게…….."

이미 밤이라면 약간의 차질이 생긴다. 잘 때 찾아가서 뭘 하기도 애매했다. 높은 곳에서 내려온 영향으로 멍멍해진 달팽이관을 하품을 함으로써 정상으로 돌린 후 대장간과 가까운 곳으로 방향을 틀었다.

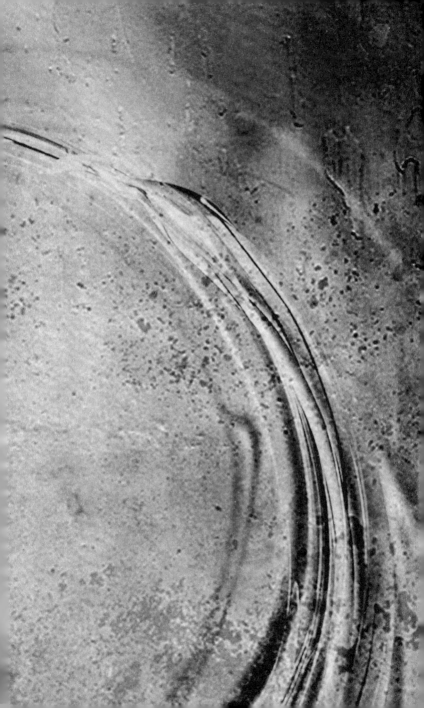

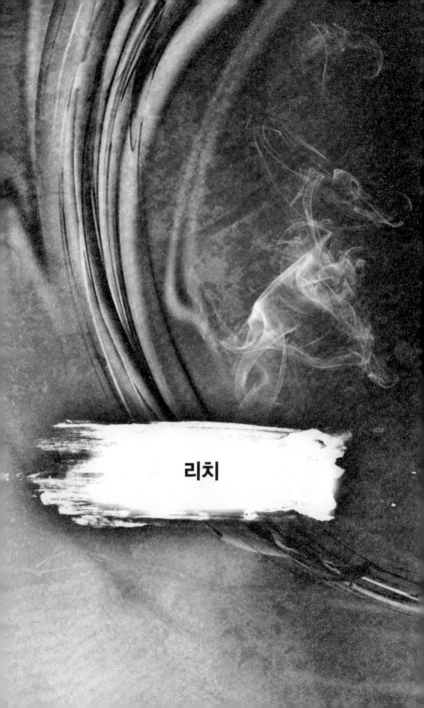

리치

이제 밤 12시를 향해 가는 시계, 그렇지만 이 가게는 오래까지 여는지 밝게 불을 키고 있었다. 역시 번화가라서 뭔가 달랐다.

"이건… 어때요?"

"역시~ 보는 안목이 좀 있네요. 착용감도 좋고 섹시하면서 귀여운 것 같은 이런 디자인은 별로 없죠. 이거, 커플 속옷으로도… 좋아요. 제일 잘나가요."

속옷 매장, 그곳에서 붉어진 볼을 두 손으로 가리고 쇼핑을 하고 있는 건 유정이었다.

하루는 생각이 날지 안 날지 모르겠지만 집에서 확인을

해보니 짝짝이 속옷! 정말이지 다른 것보다 그것이 제일 부끄러웠다.

여자로서의 자존심이랄까, 고민하고 고민하다가 혹시 모를 사고(?)를 대비해서 쇼핑을 결심한 것이다.

"커플… 이걸로 주시고, 또…….."

"얼마나 구매하시려고요? 할인해 드릴게. 남자 친구와 요즘 좋구나? 속옷은 여자의 자존심이지!"

직원은 같은 여자라 공감하는지 열심히 속옷들을 설명하며 채령의 손에 쥐어줬다.

"진짜 이건 아무한테나 안 파는 건데… 유혹이라는 상태이상이 확률적으로 걸리는 속옷이라구요. 약간 가격이 나가긴하지만 초식 동물도 짐승으로 만드는 그런…….."

"여기요. 카드계산요."

유정은 재빨리 마지막으로 보여준 레어급 속옷까지 결제하고 나왔다. 더 이상 있다가는 가게를 통째로 사버릴 것 같은 느낌이 들었다.

"요즘 문제입니다. 도시 곳곳에서 하급 뱀파이어라는 몬스터들이 출몰한다는 제보들이 올라오고 있는데요. 많은 사회 문제들 중 제일 이슈로 떠오르고 있습니다. 아마도 뱀파이어가 왔다간 것에 대한 후유증… 같은 것이라고 전문가들은 예측하고 있습니다."

"뱀파이어?"

지나가다가 전자 상품 가게에 틀어져 있는 TV에 시선이 닿았다.

다른 사람들도 멈춰 서서 보는 게 꽤나 우리의 삶과 밀접함이 있구나 싶었다.

또 뱀파이어라고 말하니 올라간 지 얼마 되지도 않은 하루가 생각났다. 보고 싶었다.

"아침에도 돌아다닌다는 소문이 있던데?"

"골목에서 자주 발견된데. 이거 뭐 무서워서 살겠나……."

"고렙 사람들이 좀 사냥 좀 다니고 그래야지 없어질 텐데. 레이드에만 집중을 하고 있으니 참… 엉망이야. 엉망."

괜히 사람들 말을 듣고 있으면 걱정만 늘겠다 싶어서 유정은 집으로 향했다. 커플로 몇 개 속옷을 샀는데 줄까 말까 고민이었다.

'무슨 의미인지는 알려나? 날 좀 그런 애로… 아니야, 우리 하루는 순수하니까…….'

고민과 걱정으로 밤의 반을 지새우는 유정이었다.

아침이 되고, 하루는 채령과 함께 대장간이 있던 곳으로 향했다.

몇몇 사람들이 보였지만 하나같이 하루가 처음 본 사람들처럼 장대은에게 퇴짜를 맞고 가는 모습이었다.

모퉁이를 지나면 보이는 허름한 대장간…이 있어야 하는데 없었다.

눈앞에는 왠지 범접할 수 없는 고급스러운 건물이 보였다.

건물이라기 보단 끝까지 업그레이드 시킨 대장간의 모습이랄까, 1년 조금 되었을 뿐인데 이렇게 변하다니 왠지 신기했다.

"사람들 다 보내면서 언제 이렇게… 대단하네. 뭐, 레이드라도 하나?"

역시 돈 얘기가 나온다면 레이드를 빼먹을 수 없다. 어디서나 단골 이야기는 레이드 이기도 했고 제일 수익이 높은 직업(?), 작업으로도 HOT 했다. 역시 그 꼭대기엔 하루가 있었다.

대장간 안으로 들어가니 화끈한 열기가 반겨줬다.

채령은 숨을 쉬기 힘들어했으나 하루는 전과 같이 멀쩡했다.

심지어 못 알아볼까봐 갑옷 또한 착용을 했다.

"누구야? 어떤 놈이 또 저급한… 이, 이하루!?"

장대은은 뒤에서 느껴지는 기척에 돌아보곤 단번에 하루를 알아봤다.

　어찌 잊겠는가, 무려 마나석이라는 귀한 것을 장비를 만들어준 대가로 주고 갔는데 기억하는 게 당연했다.

　"안녕하세요. 그때 아무 말도 못하고 갔었는데."

　"이게 그! TV에서 잘 봤지. 암. 누가 만든 건데! 유명해졌더라고, 그럴 줄은 알았지만 역시……."

　고개를 끄덕이며 흐뭇한 표정으로 보는 장대은이었다. 그렇지만 속에서 뭔가 뜨끔한 게 있었다.

　'왜 찾아왔지, 요즘 이상한 소문들도 있고… 장비를 만들러 왔나? 아니면 내가 광고 좀 한 것을……!'

　갑자기 억지웃음으로 바뀌었다.

　사실 이렇게 번창할 수 있던 것은 입소문이 났기 때문이다.

　물론 말하고 다니긴 했지만 그로인해 많은 사람들이 제대로 된 장비를 얻기 위해 찾아왔다.

　하루에게서 얻은 마나석도 물론 유용하게 쓰고 있었다.

　"근데 대장간이 좀 좋아졌네요. 장사 잘 되나봐요?"

　"마나석이 결정적이었지, 이 화력을 좀 보게. 제일 돈이 많이 들어가는 것인데 바로 마나석 때문에 그 소비를 줄일 수 있었지. 자네 덕분에 이리 된 거야."

"주인님, 저는 좀……."

채령이 땀을 뻘뻘 흘리며 말하곤 후다닥 밖으로 나갔다. 아마 이 열기 속으로 들어온 것만으로도 충분히 칭찬받아 마땅했다.

하루는 장대은의 말에 고개를 끄덕이며 뭔가 달라진 듯한 화로를 바라봤다. 구석에 마나석이 박혀 있는 것을 볼 수 있었다.

"근데 여긴 어쩐 일로… 뭐가 망가지기라도 했나? 내가 보기엔 멀쩡해 보이는데……."

"고쳐주세요. 가으하네라고 합니다."

하루는 가으하네를 손으로 가리켰다. 아직 깨어나지 않았다. 그렇지만 하루는 침착했다.

그 전투로 떠날만한 가으하네도 아니었고 갑자기 떠날 리도 없었다. 미동도 없었지만 하루는 태연하게 말을 했다.

"…본 적 있지. 검은 갑옷의 검사. 이름이 가으하네였군. 근데 왜 병원으로 가지 않고……?"

"어둠 속성과 힐은……."

하루의 말에 장대은은 고개를 끄덕였다. 여기로 온 걸 보니 사람이 아니었다.

물론 검은 갑옷과 분위기로 봐서 신성 계열인 힐 또한 통하지 않늘 것이다. 이제야 이해된 장대은은 유심히 가으하네를 살폈다.

"고칠 수는 있겠지만… 살리는 것은 나도 장담을……."

갑옷, 즉 몸을 고치는 것은 장인의 실력인 장대은이라면 할 수 있다.

그러나 신이나 네크로맨서가 아닌 이상 되살리는 것은 모른다. 이런 의뢰도 처음이고 말이다.

"…부탁드릴게요. 의뢰금은……."

"두 장이면 될 것 같은데… 뭐, 일단 고치는 것 먼저 해야지. 며칠 걸릴 거야."

하루는 고개를 끄덕였다. 두 장, 억이든 천이든 상관없었다.

레이드로 벌어뒀으니 그 정돈 써도 된다.

밖으로 나가니 시원한 바람이 확 불어왔다. 쪼그려 앉아 있던 채령이 하루에게 쪼르르 다가왔다.

"다 된 거에요?"

"어, 며칠 걸린다네. 그동안 뭐하지… 공원이나 가볼까?"

호수 공원, 갑자기 생각이 났다. 감투를 얻었고 오니가 서식했던 곳이었다.

얼마 떨어지지 않은 곳, 조금 걷자 금방 호수 공원의 모습이 보였다.

이곳도 조금 달라진 것 같은 꽃내가 났다.

군인들도 없었고 사람들의 머리도 보였다.

“음… 오니들이 사라진 건가?”

“그런 것 같아요. 사람들이 많은걸요.”

호수 공원 내부로 들어왔다. 따로 뭐 입장료 같은 건 없었다.

여유로움이 느껴지는 게 풍경이 아름다웠다. 왜 사람들이 이렇게 많이 찾아오는지 알 것만 같았다.

‘근데 왜 커플들만…….’

가족은 없었다. 커플들만 러브러브한 상황을 연출하며 호숫가와 잔디밭을 누비며 있었다.

“주인님… 저… 저.”

채령이 몸을 꼬며 하루를 불렀다.

여러 가지로 문제가 많이 기사로 보도되고 있었다. 박 대통령도 그런 것들을 모두 보고 받고 있었다.

24시간 뉴스로 계속해서 보여주는 것으로도 접할 수 있었다.

핫한 것은 하급 뱀파이어에 대한 내용이었지만 사회적 문제로 떠돌고 있는 이야기를 뉴스에서 다루기 시작한 것이다.

"최근 들어 '환상 게임 바이러스'에서 벗어났다는 사람들이 많아지고 있습니다. 아직 정식으로 확인된 바는 없지만 주어진 스킬을 별로 쓰지 않았거나 레벨이 낮았던 사람들인 것으로 판명되었습니다."

"저게 사실… 인가요?"

박 대통령이 당장 비서를 불러들였다. 뉴스에서 말하고 있는 것이 사실이라면 언제든 이 게임화 능력은 사라질 수 있다는 뜻이다.

한 마디로 실력이 별로 없는 사람, 그게 자신이 아니라서 별 상관은 없었으나 걱정이 되긴 했다.

"사실 관계에 대해서 좀 더 알아보겠습니다. 그리고 의원님들 행동이 좀 수상쩍습니다."

"무슨 말이죠?"

"의원님들 행동이 뭔가 분주해지고 숨기는 듯한 느낌이 들었습니다. 자세한 것은 없지만……."

"내 사람들이야. 제가 입 한 번만 열면 골로 갈 사람들이지요. 내버려두세요, 몇몇 그런다고 할 수 있는 건 없을 테니까요."

박 대통령은 그런 일쯤이야 괜찮았다. 의원 하나하나를 전부 케어할 수도 없고 말이다.

"쉴더. 그 자와 이하루의 접촉은?"

"현재는 번호만 받아놓은 상태입니다. 이하루는 하늘로 갔다는 정보입니다. 언제 돌아올지는……."

"바로 만나서 뭐든 해보라 하죠. 하늘이라… 더 이상 몸을 키우면 좋지 않은데요……."

박 대통령은 사회적 문제 같은 건 전혀 신경을 쓰지 않고 있었다.

국민들은 새 대통령을 뽑을 것이다. 그러니 국민들 평판 같은 것은 신경 쓸 필요가 없었다.

정작 애가 타는 것은 국민들이었다. 하급 뱀파이어가 점차적으로 늘어갔다.

로벨리아 내에서도 하급 뱀파이어들을 보고 꽤나 위험했다는 말들을 늘어놓았다.

전투 능력으로는 중형 몬스터들 보다 많이 떨어졌지만 코볼트의 지능보다는 높고 특이한 기술들도 지니고 있어서 꽤나 까다로웠다.

"우리가 나서는 게 좋을 것 같은데. 하급 뱀파이어 문제."

"사회적으로 이름값을 높여야겠죠. 정부가 신경 쓰지 않는 지금이 기회기도 하고요."

로벨리아에선 회의가 진행 중이었다. 다들 레이드는 잠시 쉬고 하급 뱀피이어들을 처리해서 국민들 환심을 사려는 것에 동의하는 쪽이었다.

"일단 개별로 움직이는 건 무리지. 아직 하급 뱀파이어에 대한 정보가 너무 없다."

"나중엔 된다는 건가요?"

로벨리아 대원들에겐 비장함이 숨겨져 있었다. 자칫 죽을 수도 있었다. 그러나 그건 어디까지나 '실수'했을 때뿐이다.

하급 뱀파이어 따위에게 죽는다면 턴에이는 커녕 이 세상에서 제대로 살아남기도 어려울 것이다.

"그래, 정보를 모으고 조를 짜서 효율적으로 움직여야겠지. 조준호, 정부 쪽 움직임은?"

"안 그래도 그것 때문에 회의 소집을 했습니다. 정부쪽 우리 사람들에게 연락이 왔습니다."

"뭔가 알아냈나 보군."

"박 대통령을 제외하고 국회의원 대다수가 움직이기 시작했습니다."

꿀꺽, 채령의 모습에 자신도 모르게 침을 삼켰다. 뭔가 간절히 원하는 듯한 표정이 심히 귀여웠다. 손이 어디론가 움직일 것 같았지만 참으며 자신을 기다리고 있을 유정을 생각했다.

하루는 대답도 하지 않고 빤히 채령을 쳐다봤다.

그에 채령은 더 우물쭈물 하면서도 손가락으로 무엇인가를 가리켰다.

손가락이 향한 곳은 자전거, 이미 많은 커플들이 애용하고 있는 샤랄라한 커플 자전거였다.

"저거 타자고?"

채령은 고개를 끄덕였지만 하루와 눈을 마주칠 수는 없었다. 이 좋은 날에 단 둘이 있는 것도 이 인간의 몸으로는 처음이었고 분위기까지 좋았다. 자신이 말해놓고도 손발이 오그라들었다. 커플도 아닌데 커플 자전거를 타자니, 부끄러웠다.

주인님과 그 여자, 유정의 관계를 모르는 건 아니다. 그날 밤, 집에 들어오지 않았을 때 무슨 일이 있었는지는 당연히 알고 있다.

하루는 음란한 생각을 지우고 자전거 대여소로 발을 옮겼다. 그러고 보니 다른 사람들이 보기에도 하루와 채령은 커플로 보일 것이다. 지금 자신의 옆에 애인들에게 신경을 쓰느라 갑옷을 착용한 하루를 발견하지 못했다.

'알아보기 전에 환복해야겠다.'

나름 휴식이었다. 가루다족들을 처리하고 엘릭서라는 것에 대해서도 알게 됐다. 그 재료인 태양의 눈물도 얻었다.

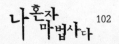

"아! 태양의 눈물!"

"설마… 말 안하고 온 거에요?"

"그러네… 하. 다시 가야겠네. 가으하네만 신경 써서."

남들 눈에 뛰지 않게 환복을 한 하루는 한숨을 내쉬었다. 태양의 눈물도 맡겨야 했는데 말이다. 가으하네의 수리(?)도 며칠이나 걸린다 했다. 원석 가공은 어느 정도인지 모르겠지만 등급이 이정도면 아마 그 보다 더 걸릴 게 뻔했다.

"뭐야, 뭐어어!! 자기야!"

"도, 도망가! 손잡아. 손!"

일단 맡겨 놓는 건 나중으로 밀어 놓으려던 하루였다. 가으하네가 우선이었다. 생명이 달린 일이니 말이다. 이리저리 왔다 갔다 하다가 사람들의 소리가 들렸다.

이런 비명 소리라면 단 하나밖에 없다.

'몬스터.'

하루는 그렇게 인지하며 눈을 깜박이는 순간, 주변을 둘러 볼 필요는 없다는 것을 알았다.

바로 하루의 앞에 거대한 덩치에 날렵한 몸, 날카로운 손톱과 발톱을 지닌 몬스터가 있었다. 꼭 그것만은 아니었다.

제일 많이 찾아 다녔던 그 얼굴을 어찌 잊을 수 있겠는가, 그리고 드는 의문은 어째서 직접 웨어울프 칸드라가 자신을 찾아왔냐는 것이다.

"크흐르… 오랜만에 보는 얼굴이군."

칸드라는 혓바닥으로 피가 묻어 있는 자신의 손톱을 핥으며 하루를 응시했다. 어떤 말을 해야 하지, 그냥 무작정 죽여야 하나, 아니야 죽지 않을 거다. 그래서 이리 당당하게 온 것이다.

생각이 끝난 하루는 칸드라를 훑어봤다. 유심히, 라이프 포스 베슬로 보이는 건 없었다.

아마 어딘가에 숨겨 놓았을 것이다. 게소 사라나와 비슷한 능력을 가지고 있는 꼴이니깐 말이다.

이렇게 자신을 내려다보는 모습도 뭔가 칸드라에게는 익숙해보였다. 그때와 달리 강해진 하루였지만 칸드라도 놀고 있던 것은 아니였을 것이다.

"너를 죽이면… 리치, 만날 수 있나?"

퀘스트가 생긴 것은 리치를 만나고 나서였다. 라이프 포스 베슬에 대한 것을 알았을 때도 그때였고, 엄마를 살릴 수 있다는 희망도 생겼다.

그래서 여기까지 달렸다.

사람들은 도망쳤다. 애꿎은 싸움에 휘말리기는 싫었다.

둘이 뭔가 있는 것은 알았지만 자신의 애인이 다칠 수도 있고 목숨을 잃을 수도 있다. 아직 뱀파이어와 게소

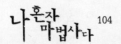

사라나에 대한 두려움은 채 가시지 않았다.

하루의 침착한 말에 칸드라는 피식 웃었다. 손톱으로 하루의 턱을 올렸다. 그리고 눈을 마주쳤다.

"내가 여기, 너의 앞에 나타난 이유가 뭐라고 생각하지? 이미 복수는 끝났다. 단 하나만 남았을 뿐이지."

"…어르서퍼… 설마!"

하루에게서 얼마 떨어지지 않은 곳에서 채령이 놀란 토끼 눈을 했다. 모든 복수가 끝났다. 그 의미는 웨어울프들에 대한 것, 웨어울프들은 칸드라를 처치하기 위해 간다고 했다.

딱딱 떨어졌다. 어르서퍼는 당한 것이다. 이 어두침침한 웨어울프에게.

"호, 로드를 아는 사람? 크큭… 그럼 채… 채 뭐였는데 말이야. 그게 인간인줄을 알았지만… 웃기군. 인간 따위를 사랑하다니."

"…쓰레기 같은 놈."

채령은 부들부들 떨었다. 정말 확실해졌다. 그렇지만 쉽사리 공격을 할 수도 없다. 애초에 상대가 되지 않는 싸움이었다.

"인간. 잘 들어라. 내가 처음 모욕감을 느낀 건 그때가 처음, 아니 세 번째군. 내 종족 놈들과 리치가 있으니. 이제 네놈 밖에 없어. 죽일 생명체는."

"리치를 불러 와라. 너 따윈 필요 없어."

"이게 라이프 포스 베슬이란 것이다. 날 쓰러트리면…
그땐 가져갈 수 있을 테지. 내 속도만 잡으면 이건 너의
것이란 말이지."

칸드라가 노란색 구슬 같은 것을 보여주었다. 속에선
뭔가 소용돌이치는 것처럼 보였다.

거짓말을 해야 하는 이유 따윈 칸드라에게 없다. 그렇
다면 저 말과 구슬이 진실이라는 의미였다.

하루는 라이프 포스 베슬에 눈이 꽂혔다. 엄마를 살릴
물건, 영원한 생명을 얻을 수 있는 물건이다.

'아니야. 리치, 리치가 나타나야 돼.'

저것을 부숴야지만 칸드라가 죽는다. 칸드라가 쥐고 있
는 라이프 포스 베슬은 깨질 것이다. 리치에게서 새로운
라이프 포스 베슬을 얻어야만 엄마를 살린다.

"그러니까. 덤비라는 뜻이겠지. 칸드라."

"이해가 좀 느리지만, 뭐. 움직여야겠지?"

말이 끝남과 동시에 칸드라의 인영이 사라졌다. 하루도
다시 갑옷으로 갈아입고 페나테스를 소환했다.

상대는 민첩에 특화되고 공격력도 높은 암살형이다. 속
도는 눈으로 쫓을 수도 없는 게 현실이다. 바람 소리를
듣거나 순간순간 센스로 공격을 막는다? 그건 어리석은
일이다.

쫓을 수 없다면 미리 막는 것이, 예측 공격을 하는 것만이 유일한 방법이었다.

하루는 사방에 매직미러를 생성하고 파이어―버스터를 썼다. 예측은 아니지만 이거라면 어느 정도 견제는 된다.

문제는 어떻게 '이기고 살아남을 수 있을까?'이다. 채령도 챙겨야만 한다. 힘든 싸움이 될 것이라는 느낌이 확 와 닿았다.

"칸드라!! 이 안에만 있다면 좋겠다. 멋있는 걸 보여줄 테니."

하루는 곧바로 블리자드를 시전 했다. 범위 안에만 있다면 90%는 적중한다. 나머지 10%는 범위 안에 있어야 하고 속박이 된다면 더 좋다.

칸드라는 잔상도 남지 않을 정도로 빠르게 움직였다. 요새 기분이 너무 좋다. 꼴 보기 싫은 웨어울프 녀석들이 거의 다 사라졌기 때문에 숲은 자신만의 세상이었다.

이하루, 하루만 죽이면 완벽했다. 그리고 다시 죽는 것이다. 세상과의 이별.

"토네이도―버스터!"

하루는 모든 범위 마법을 동원했다. 어딨는지 보이질 않으니 답답하고 짜증이 솟구쳤다.

마법이 난자되는 곳들을 칸드라가 누볐다. 역시 생각했

던 대로 위협적인 마법들이었다. 다가서 공격하는 것도 저 이상한 막 때문에 어렵다.

그래도 눈치 채지 않게 다가가서 토도독 톡톡 치고 있었다.

어느 한 곳만 깨져도 자신의 승리이기 때문이다.

이상한 갑옷을 입고 있기는 하지만 한낱 갑옷, 이 다이아 같은 손톱을 막을 순 없을게 뻔했다.

최 의원, 그는 국회의원이다. 나라를 위하여 봉사하는 사람, 국회의원 중에선 좀 젊은층에 속한다. 그리고 최현길 의원은 몇 안 되는 깨끗한 사람들 중 하나이다.

현재 계속 논란이 되고 있는 박 대통령과 그를 지지하는 수많은 보이지 않는 손들 때문에 목소리를 제대로 낼 수조차도 없었다.

그러나 포기하지 않았다.

국민들은 생각하지도 않고 실리만 챙기는 박 대통령 같은 자를 이 나라, 조국의 장으로 더 이상 보고 있을 수만은 없었다.

"그동안 쭉 봤습니다. 이익을 중요시하시는 것은 알고 있지만 박 대통령이 그리… 좋지는 않으시죠? 이미 다

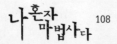

알고 있습니다."

정치 쪽에서 일을 하기 위해선 인간관계나 사회, 정보들에 빠삭해야만 한다.

그래야 적당한 협박과 협의, 처세술로 상대를 제압하거나 정치계를 원하는 방향으로 끌고 갈 수 있다.

일일이 하나하나 박 대통령 사람들을 만나며 얘기를 했다.

최 의원은 자신이 이런 짓을 하고 다닌다는 것을 박 대통령이 알 수도 있지만 상관없었다. 모든 것을 걸었으니 말이다.

"최 의원, 그래서 뭘 어떻게 하자는 건가. 그 사람을 몰아내기라도 해야 한다는 건가?"

"대선이 얼마 남지 않는 건 알고 계시지요. 다음은 누가 될까요."

"그야… 국민들이 뽑는……."

"박 대통령의 입맛대로 또 놀아날 뿐입니다. 그가 제일 믿는 사람이 대선에서 당선되겠지요."

의원들은 하나같이 입을 다물었다. 뭐라고 할 말이 없는 것이다.

최 의원의 말이 맞았기 때문에 그에 대해 생각을 하는 것이다. 또 다시 최 의원은 비장한 표정이 됐다.

"약점, 하나씩 잡히셨다는 것쯤은… 압니다."

"……!"

"…어찌…….."

예민한 반응들이었다. 벌써부터 인상을 쓰고 있는 것이 보이는데 최 의원은 거기서 말을 끝낼 수 없었다. 다만 이것이 협박이 아니라는 것을 인지시켜 줄 필요가 있었다.

"감수하셔야죠. 계속 잡혀 사실 겁니까? 죄가 어디로 도망가는 것은 아닙니다."

"지금… 자수를 하라는 건가? 아직 이 세계에 대해서 모르나."

"어리군. 자네에게 정치가 그리 쉬워 보이는가?"

최 의원은 고개를 가로 저었다.

"물이 너무 맑으면 물고기가 살지 않습니다. 적당히 고여 있어야죠. 그러나 너무 더러운… 물은 걸러 내야합니다. 썩을 대로 썩은 것은요."

한 사람이 의견을 모든 사람한테 내는 것은 어렵다. 동료가 있었기에 최 의원의 이런 의중과 의미 전달은 잘 되었다. 그리고 박 대통령은 알지 못한 채 박 대통령의 사람들은 서로서로 시간을 쪼개서 은밀히 만남을 이어갔다.

동요하기 시작한 것이다. 박 대통령에 대한 의리 따윈 없다. 얽힌 비리들은 있었지만 의원들은 희망을 지니고 있었다.

'새로운 대통령이 눈감아줄 것이다. 거대한 종양을 떼어냈으니 남은 병마들은 천천히 백신으로 순화시킬 것이다.'

물론 새 인물이 누구냐, 성격은 어떠냐에 따라서 모르지만 80%에 달하는 의원들의 힘은 결코 약하지 않다. 그 많은 사람들이 전부 비리나 뭔가 숨길만한 약점 같은 것이 있다는 것이다.

"과거는 과거일 뿐이죠. 이제부터 그걸 청산하시면… 됩니다."

어쩔 수 없는 선택이다. 저들이 생각하는 것을 따라줘야지만 정치판이, 나라의 변화가 시작되는 것이다.

"얼른 움직이죠. 저희도."

"그래… 기회야. 이렇게 빨리 찾아올 줄은 몰랐는데 말이야."

"저희 요원들 정보로는 좀 더 기다려야 한답니다. 자칫 위협을 가하면 그 사람들이 방어적으로 나올 수 있답니다. 제 개인적인 생각도 그렇고요."

조준호의 말에 유한정은 고개를 끄덕였다. 말의 요지는 저들이 스스로 움직여야 한다는 것이다. 그렇지 않으면 살아남으려고 발버둥을 치다가 일단은 힘이 있고 확실한 박 대통령 쪽에 붙을 것이다. 그렇다면 기회가 사라지는 것, 조심해야 했다.

"지금 당장 급한 것부터 처리하자고. 하급 뱀파이어들 위치는 알아냈지?"

순식간에 매직미러가 깨졌다. 깨진 다음에 느낀 것이라 하루도 어쩔 수 없었다. 그 공간으로 칸드라가 손톱을 꺼냈다. 망설임 없이 상처를 내기 위해, 목숨을 앗아가기 위해서 갑옷 따위는 안중에도 없고 오로지 죽인다라는 생각이 몸을 지배했다.

"안 되지."

노이즈 같은 목소리, 기분 나쁘고 칠판을 수백 번 긁는 듯한 목소리가 들려왔다. 칸드라는 몸을 움직일 수 없었다. 움직이려 했으나 부르르 몸만 떨릴 뿐, 손가락 하나 까딱 할 수 없었다.

우선으로 들린 목소리, 그리고 주변이 탁한 공기로 채워지는 듯 했다. 이미 잔디는 죽어 있었고 허공엔 게소사라나를 만났을 때 봤던 마법진에서 뭔가 스르르 나오고 있었다.

"리… 리, 리치……!"

하루도 몸이 경직되었다. 두려움과 위압감, 확실히 그

런 것들이 느껴졌다. 채령도 말로 표현할 순 없었다. 숨을 제대로 쉬지 못해 괴로워하는 모습이고 바닥에 주저 앉기까지 했다.

칸드라는 이해가 됐지만 리치까지 이렇게 나타날 줄은 꿈에도 몰랐다.

"네녀석이… 어떻게……!"

"계약 위반이다. 칸드라. 이렇게 어리석은 짓을 할 줄은… 알았지만 말이야."

"그래서 죽이겠다는 건가? 크큭. 그래, 죽여도 괜찮다. 미련은 없으니."

리치의 모습은 그야말로 장군 같았다. 그만큼 위압감과 카리스마가 느껴졌다. 장인이 수백 년을 세공해서 만든 듯한 디자인의 해골 지팡이와 마법사의 빈티지한 S급 로브와 여러 악세서리, 침이 저절로 넘어갔다.

"그냥 죽는 것으로 끝이라 생각하나…? 계약 내용을 잘 읽어보지 않았나보군."

"무, 무슨!"

"흠… 계약 내용엔 계약 위반 시 죽는다. 물론 스켈레톤이나 여러 생명체가 되지. 정신은? 그대로지. 한 마디로 정신은 멀쩡한데 몸은 따로 조종 받는 거라고… 설명을 해줬을 텐데."

리치가 손가락을 팅, 팅− 휘저으니 칸드라의 팔과 다

리엔 녹슨 자물쇠가 걸렸다. 칸드라는 눈알을 돌리며 불안한 기색이었다.

"잘 봐두는 것도 좋을 거야. 이게 혼이라는 거거든."

말이 끝나자마자 칸드라의 입에서 하늘색 연기가 나오기 시작하다가 희미한 칸드라의 모습이 보여 졌다. 자물쇠 대신 손과 발엔 마법진이 달려있었다.

'지금 공격하면 승산이 있으려나? 괜히 죽는 것 밖에… 라이프 포스 베슬을 얻어야만 한다. 유일하게 아는 놈이다.'

공격을 할까 말까 고민을 했다. 이길 가능성은 0%에 가까웠다. 블리자드를 써도 제대로 맞아줄지 의문이다.

리치는 마법형 몬스터다. 흔한 게임들에서 나오는 리치의 기본 서클은 7서클 이상이다.

하루에겐 서클이란 개념이 없지만 블리자드는 거의 마지막 스킬이다. 비슷하긴 했지만 리치는 죽으면서까지 마법 연구를 위해 산다는 정보의 몬스터다.

'납작 엎드리고. 알아내고. 살려야 돼.'

언제 다시 만날지 모른다. 여기서 놓치면 정말로 다시 퀘스트를 깨기 위해, 리치를 만나기 위해서 사람을 죽여야만 한다.

그것만은 피하고 싶은 것이 솔직한 심정이었다.

"으아어어어아악!!"

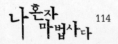

고통스러운지 영혼 상태에서 칸드라가 울부짖는 게 느껴졌다. 리치는 별로 개의치 않는지 잠시 멍하니 있었다.

"일단 지금은 묻어 두는 게 좋겠군. 차차 뭘로 만들진 생각해야지. 어스퀘이크―"

간단히 영창을 하자 지진이라도 난 듯 바닥이 갈라졌다. 하루는 다시 한 번 놀라워했다. 이만한 힘 정도는 그냥 쓸 수 있다는 것이다.

갈라진 바닥으로 칸드라의 시신은 내동댕이쳐졌다. 영혼은 리치의 해골 지팡이의 안구 쪽으로 빨려 들어갔다.

이것들이 순식간에 일어난 일이라 하루는 어떤 행동도 취할 수 없었다.

"힘 좀 풀지. 마법사?"

'이제 내 차례……'

하루는 침을 한 번 삼키고는 자신을 바라보는 리치의 눈을 마주쳤다. 라이프 포스 베슬, 제일 필요한 것을 얻을 수 있는 최적의 기회이다. 괜히 화를 돋구거나 할 필요가 없었다.

"라이프 포스 베슬이 필요해. 아니, 필요합니다. 제발……."

"여전히 영원한 생명을 얻고 싶어 하는구나."

"그래, 영원한 생명. 살려주기만… 엄마를 살려줘, 할 수 있지? 내… 엄마."

말을 들은 리치의 표정이 약간 변화됐다. 반응이 있자 하루는 인벤토리에 보관하고 있던 엄마를 꺼냈다. 꽁꽁 얼어붙어 있는 모습, 리치는 한 번 쳐다보고는 바로 눈을 돌려 하루를 이상하다는 듯 쳐다봤다.

냉동인간, 액화질소로 순간 얼린다면 신장들이 기능을 멈춘다.

다시 원래의 몸 온도로 돌려놓는다면 소생이 가능했다.

물론 '이론적'으로는 그렇다. 세포들을 얼렸다 다시 원상복귀 시키면 살아난다. 그러나 뇌의 세포를 살리는 것은 아직이다.

현대 의학이 아직 거기까지는 발전하지 못했다.

"엄마, 그래 엄마… 오랜만에 들어보는 단어군. 그렇지만… 인간을 죽인다면 나를 만날 수 있었는데 왜 그러지 않았지?"

"그건 엄마가 원치 않아서……!"

"아니, 이게 원하던 것이 아닌가. 검은 불꽃─"

리치는 의심스러운 눈을 하고 고개를 가로저었다. 하루가 부정을 하자 마법을 써버리고, 검은 불꽃들이 하루의 엄마, 즉 빙하장막을 녹이기 시작했다.

"뭐, 뭐하는 짓이야! 꺼, 얼른 끄라고!!"

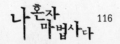

입술을 꽉 깨물고 소리를 치며 안절부절 못했다. 자신이 아니면 녹이지 못한다고 생각하고 있던 빙하장막이 액체, 기체화 되었다.

"아직 마법이 약하군. 좀 더 강해져야지."

"무슨 개소리야! 빨리 캔슬해, 마법 취소하라고! 취소해!!"

"이게 본래 모습 아닌가? 원하던 것이고."

리치가 손가락으로 거의 다 녹은 하루의 엄마를 가리켰다. 축 쳐져서 좀 전의 칸드라와 비슷한 모습으로 보였다.

창백한 피부, 미역 줄기처럼 늘어진 머리카락, 풀린 동공은 '살아 있다'라는 말에 전혀 맞지 않는 모습이었다.

리치의 말에 하루는 더 이상 입을 열지 않았다. 엄마의 앞에 무릎을 꿇고는 곧 눈물을 흘릴 것만 같은 눈을 하고 있을 뿐이다.

"……."

"이미 죽어 있는, 그리고 아직 살리기 싫은 게 아닌가. 환생을… 바라는가? 아니면 좀비나 스켈레톤……?"

"……."

"유일한 자연계 마법사… 재밌군. 계속 지켜봐주지."

리치는 허름한 망토를 펄럭이고는 순간 사라졌다. 폭풍이 지나간 것처럼 호수공원은 조용했고 하루와 채령만

이 숨죽이고 있었다.

―퀘스트가 삭제되었습니다.

메시지가 들려왔지만 하루는 머리가 복잡한 듯 미동이 없었다. 반면에 채령은 계속 인상을 써가며 지금 두 눈으로 보고 귀로 들은 것이 뭐가 뭔지 이해가 잘 되지 않았다.

'이미 죽어 있어? 리치가… 죽인 건 아니고, 죽은 것을 확인시켜 준건가……?'

물론 하루에게 물어보고 싶었다. 하지만 지금은 아니다. 어떤 상태인지 어떤 생각을 지니고 있는 것인지 알아보고 나서 말을 꺼내는 것이 순서였다.

주인님을 불러서 위로라도 해주고 싶지만 뭔가 이상해서 애매했다. 채령은 반응이 있을 때까지 하루를 기다렸다. 눈물이 하루의 눈에서 계속 흘러내렸지만 표정에 변화는 없었다. 마치 악어의 눈물과 같았다.

잠시 울고 난 후, 하루는 자리에서 일어났다. 엄마의 시신은 나몰라 한 채 호수공원 밖으로 향하는 듯 보였다.

"주인니…ㅁ……!"

당황한건 채령이었다. 이렇게 두고 가도 되는 걸까? 시신을 거두기라도 해야 할 것이 아닌가, 어머니인데 엄마인데 말이다.

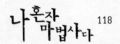

채령은 갈팡질팡하다가 인벤토리에 넣어봤다. 다행히도 들어가서 안도의 한숨을 내쉬곤 뛰어서 하루의 뒤를 쫓아갔다.

'이상해. 이상해 주인님…….'

로벨리아를 알아보기 시작한 사람들이 생겼다. 구세주 집단, 무능한 경찰들 보다 낫다, 히어로 등이라고 불리며 활동을 이어갔다.

하급 뱀파이어를 상대하는데 무리는 없었다. 아주 약간 실수를 한다면 위험했지만 아직까지 희생자는 없었다.

"키야악! 드레인!"

피를 흡수하는 제일 위력적인 하급 뱀파이어의 공격, 몇 번의 상대를 통해서 알게 됐는데 눈앞에서 보이지만 않는다면 그 공격은 무산 된다는 것이다.

미리 준비해뒀던 천으로 두 눈을 가리고 이리저리 제일 많이 뛰어다니는 유한정의 검이 내려쳐졌다.

공격이 제대로 들어갔기에 하급 뱀파이어는 소리 없이 죽어버렸다. 원래의 정상적인 모습이 되었다. 이대로 끝난다면 고맙다. 그러나 유한정은 위협적인 눈으로 검을 휘둘러서 어깨 위에 얹었다. 지능이 있는 걸까 아니면 본

능이 시키는 대로 하는 것일까, 하급 뱀파이어 무리가 튀어나왔다. 여기서 피할 수도 없었다. 마음먹고 도망을 친다면 도망칠 수 있지만 그렇게 된다면 이곳에 있는 주민들은 무차별 학살을 당할 것이다.

"조준호. 엄호 부탁한다!"

"아니, 피해야 되요. 이 많은 수를 어떻게 우리들로만 상대합니까!"

"사람들을 지켜야지."

유한정은 그대로 달렸다. 하급 뱀파이어들은 기다렸다는 듯 소리를 내고 짐승처럼 달려들었다.

철컥. 철컥.

환한 빛이 하급 뱀파이어와 유한정 사이를 가로막았다. 성직자라도 나타난 건가? 생각했지만 하급 뱀파이어에게 빛 공격 데미지가 잘 들어가긴 라지만 완전히 죽일 순 없었다. 빛을 싫어하긴 하지만 타죽거나 하는 영화의 그런 하급 뱀파이어들이 아니었다.

"뢰으. 이게 무슨… 여기가 어디지?"

"단장님, 일단 어둠이 보입니다. 처리부터 하시는 게 좋을 것 같습니다."

"저 정도는… 빨리 처리하고 이게 무슨 상황인지 정보를 알아내야겠군."

빛이 사라지고 모습을 들어낸 건 여러 명의 남자들이었

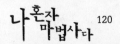

다. 권위 있고 고귀하고 강인하게 보이는 약 15명 정도의 '기사'의 모습이었다. 하급 뱀파이어들을 바라보더니 단장이라는 자가 입을 열었다.

"일동, 처리!"

"빛의 숨결!"

검을 뽑아든 그들이 입을 열자 검에서 새하얀 빛이 뽑아져 나왔다. 하급 뱀파이어들은 도살장의 동물처럼 일도양단 되었다. 다음은 검을 들고 있는 유한정을 쳐다보았다. 훑어보는 것이 탐색을 하는 것 같았다. 유한정은 그 모습을 유심히 보고는 속으로 환한 미소를 지었다.

"벨리아에서 당신들을 영입하고 싶습니다."

'이 사람들은 우리 사람이 꼭 되어야 한다!'

박은형

에벰은 엉망으로 변해가는 지구를 바라보고 있다. 차원의 지배자로써 집과 같은 지구를 방치해 둘 수만은 없었다.

괜히 라헤르의 부탁을 들어줬다. 애초에 얘기를 하면서 메르헨 차원과 연동을 시켰으니 부탁을 들어준 게 아니라 강제로 할 수밖에 없는 것이었다.

여러 종족들이 지구에서 날뛰고 있었다. 생태계를 만들거나 파괴하고 터전을 꾸려나간다. 주 종족이 인간이 되어야 하는데 눈꼴 시린 뱀파이어 놈들까지 날뛴다.

"어쩔 수 없지. 조금이지만 개방하는 수밖에, 라헤르.

저것들을 처치할만한 놈들이 있나?"

"얼마나 지구로 보낼 생각이지? 이제 지구인들의 성장이 높아지지 않았나?"

"성스러운 자들만 이리 들여오게, 어둠으로만 물들게 하려는 속셈은 아니겠지."

에벰의 부름에 라헤르는 순식간에 와서 얘기를 나눴다. 메르헨의 상태가 말이 아니기 때문에 급박한 것은 라헤르였다. 에벰의 말에 거부를 할 수가 없다.

담당 차원이 붕괴된다면 그 차원의 지배자도 차원법에 따라 소멸하게 된다. 그렇기에 라헤르가 재촉을 하는 것이다. 몰래 차원을 열어 메르헨의 생명체들을 지구로 내빼는 식의 방법은 이제 쓰지 못한다.

메르헨이 아직 건재한 것은 큼직한 놈들을 조금이라도 지구로 보냈기 때문이었다.

"성기사단을 보내지. 저 정도를 상대하는 덴 무리가 없지."

에벰은 고개를 끄덕였다. 혹시나 모르니까 곳곳에 소환되는 포탈들을 잘 감시해야만 했다. 끼워서 몇 생명체들을 보내기라도 한다면 지구 상황은 더 나빠질 것이 분명했다.

"능력들을 거두기 시작했군. 에벰."

"나의 힘을 낭비할 순 없지, 윤곽을 들어내지 않고 있

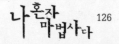

126

는 자들은 필요 없어. 지금도 충분하다.”

　에벰은 며칠 전부터 계속해서 능력을 제대로 사용하지 않는 자들에게서 힘을 다시 되찾아오고 있었다. 힘을 증강스킨 인간들도 있었으나 대부분은 아니었다.

　“시작됐네.”

　라헤르가 포탈을 열었다. 비구와 메르헴이 이어지는 통로, 그들의 의지와는 상관없이 강제로 이동을 시켰다.

　그 모습에 따라 에벰의 시선은 로벨리아들을 포함한 다른 곳곳으로 시선을 옮겼다.

　‘상위에 있는 인간들이 힘을 질 다뤄줘야 한다.’

　항상 걱정이었다.

　리치를 만난 후에, 채령이 보는 하루의 모습은 평범했다. 아무렇지 않게 행동을 하는 것이다. 문제가 있기는 있지만 쉽게 건드리지 못했다.

　하루는 식사를 하고, 가으하네를 장대은에게 부탁해서 원래의 모습으로 되돌리고, 가공이 완성된 태양의 눈물을 챙기고, 레이드를 하고, 유정을 만났다.

　‘주인님이 좀 이상해, 유정… 씨와 얘기를 해봐야겠는데.’

제일 가까운 인간 중에는 유정밖에 없다. 하루의 문제에 대해서 상의할 수 있는 정상적인 생명체는 말이다.

어두운 밤, 채령은 그렇게 또 생각을 하고 또 하면서 잠에 들었다.

조용한 생활이 아니라 '적막'이라는 것이 지속되고 있었다.

캄캄한 방 안에 있는 하루는 눕지 않고 침대 위에 걸터앉아 있다.

'나 혼자 마법사야. 나름 강해. 레이드로 돈 벌고, 사고 싶은 것 사고, 하고 싶은 것 해도 돼.'

하루는 써뒀던 낙서, 일기라고 해야 하나. 글들이 이리저리 써져 있는 공책을 펼쳤다.

돈, 그렇게 중요하나? 엄마는 자신을 죽인 놈들을 가리키며 말했지, '저들과 같은 사람은 되지 말거라 하루야… 다 돈 때문이야, 돈… 돈에 휘둘리지 마라, 저들처럼 먹이를 주면 날뛰는 짐승이 되지 마'… 알고 있다. 그 때문에 엄마가 돌아 가신 것.

근데 버티기가 너무 힘들어… 믿고 싶지도 않고, 엄마 말대로 저 사람들 따라가기 싫어서 도망만 다녔어.

근데 이제 내 눈에 띄면 내기 다 이겨, 도망 다니지 않아도 되고 돈 걱정도 할 필요 없어, 그냥 행복하게 즐겁게 살면 되는데, 난 그렇게 살래…….

근데… 엄마는 보고 싶다.

엄마 매일 걱정하고 했잖아.

학업도 돈 들어, 맛있는 거 외식도 돈 들어, 세금들로 돈 들어서 힘들어, 놀러 가는 것도 돈 들어, 누굴 사랑하는 것조차도 돈 들어, 그런 엄마 모습, 말 싫었는데.

억압 하는 건 이제 없어, 없는데… 엄만 못 와…? 몬스터들도 다 잡을게, 위협이 되는 건 다 처리할게. 돌아와…….

"이건 아니야. 엄만 살아 있어. 육체도 있고… 채령이 챙겼으니까. 찾을 거야. 살아 있어 엄만."

하루는 중얼거렸다. 거실에 예전처럼 똑같이 앉아서 명상을 하고 있는 가으하네에게도 그 소리가 들렸다. 흐느낌이 들렸다. 인지는 하되 믿지는 않는다. 망상의 증상이었다.

"몬스터들… 이 세계… 살아남으면서… 지옥까지도 찾아갈게, 아니. 엄만 천국에 있겠지?"

그 후로도 계속 하루는 흐느끼고 중얼거리다가 잠에 들었다. 이불과 베게가 듬성듬성 젖어 있었다.

아침이 되고 채령은 곧바로 유정에게 연락을 취하고 만나기로 했다.

"아침부터 무슨 일이야…에요?"

"주인님이랑 잘 지내요? 별다른 문제는 없구요?"

채령이 유정을 막 좋아라 하는 것은 아니다. 이미 그녀는 주인님, 하루의 여자 친구이며 잠자리도 가진 사이이다. 끼어들 틈은 별로 없었다.

유정은 채령의 말에 인상을 구겼다. 기분이 좀 언짢은 것이었다. 관계에 대해서 이렇게 직설적으로 물어보다니 싸우자는 소리인가 했다.

"그건 왜 물어보죠?"

날카롭게 쏘아 붙였다.

"…주인님이 아무래도… 정신병이… 있는 것 같아요."

"뭐… 정신병이요? 그게 무슨… 아니, 정상적으로 보이는데 나한테는……?"

유정이 만난 하루는 한없이 헌신적이고 사랑스러운 눈으로 자신을 쳐다보는 하루의 모습밖에 없었다.

정신병이라는 것의 증세나 의심스러운 행동은 없었다.

'아니, 갑자기… 적극적, 조금 성격이 변하기는 했는데…….'

채령의 심각한 표정과 말에 경계를 푼 유정은 걱정이 되었다. 정신병이라니 생각치도 못한 것인데 채령이 어째서 이런 말을 하는지도 의문이었다.

"원래 어머니를 살리려고 이곳저곳 돌아다녔어요. 저도, 다른 주인님 곁의 가으하네와 말랑이도. 며칠 전에

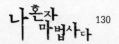
130

리치를 만났죠."

꿀꺽! 유정은 자신도 모르게 침을 삼켰다. 리치가 누군가? 간단한 배경 지식만 있어도 알고 있는 게임과 판타지에 자주 등장하는 고위 마법사이다. 그 리치가 현실로 존재한다니 놀라울 수밖에 없었다.

"리치가 깨닫게, 아니 확인을 시켜준 것일 수도… 있죠. 어머니는 원래부터 돌아가셨어요. 숨도 붙어 있지 않았어요. 그동안 주인님의 행동은 너무 평범하잖아요. 장례도… 하지 않고."

"장례식… 하루는, 아직도 어머니가 살아 있다고 믿는 거에요?"

"저도 잘 모르겠어요. 아마도 그럴 수 있죠. 제가 어머니의 시신을 챙겨놓긴 했어요."

고개를 끄덕인 유정은 눈살을 찌푸렸다. 하루에게 문제가 있다. 소중한 사람이 그렇다는데 걱정이 되는 건 당연했고 병이 있다면 고쳐줘야 했다.

"어떡하죠? 하루를 일단 만나보고……."

"아니요. 아직은… 주인님에게 이상한 점은 없는지, 불안한건 없는지 잘 살펴주세요. 그리고 전문가랑 상의를 해보던가 해봐야겠죠……."

"그래요. 그래……."

착잡한 두 여자였다.

성스러운 기사단, 메르헨의 성기시단의 단장은 유한정의 눈을 똑바로 쳐다봤다. 지금 처음 본 것밖에 없으면서 어찌 영입을 하고 싶다고 바로 말을 하는 가 의문이 생겼다.

"그대는 모습을 보아하니 검사군, 여기가 어딘지도 모르고 처음 보자마자 영입이라니."

"당신들의 강함이 느껴졌습니다. 여긴 지구라는 곳이고, 그쪽 분들은… 몬스터들에게 대항할 수 있는 최고의 군, 아니 기사단입니다. 그쪽 분들이 필요합니다."

"이곳이 어느 곳인지 일단 알아볼 필요 없다. 우리는 메르헨 빛의 성기사단이다."

"알아본 후, 저희가 도와드리겠습니다. 숙식과 월급이 필요하시다면 월급도 드리겠습니다."

성기사단 단장은 그저 고개를 끄덕였다. 자신만만한 표정과 행동을 볼 수 있었다. 뭐든 해줄 수 있을 것 같은 모습에 알았다고 한 것이다.

유한정 또한 거절은 아니었기에 얼굴이 한결 편안해졌다. 성기단 15명이나 데리고 단장은 풍경부터 관찰을 했다.

높게 솟아오른 건물들과 풀이라곤 거의 찾아볼 수 없는 현대판 도시, 신시가지. 현대의 짧거나 패셔니한 옷들을 입고 지나가는 국민들을 보곤 확실히 단장은 일 수 있었다.

　'우리가 있던 세상이 아니다.'

　자신을 따라다니는 유한정과 조준호, 로벨리아라는 단체들도 비슷한 무기를 쓰며 다니는 것도 볼 수 있었다. 그렇지만 메르헨이 아니다. 메르헨에서 온 사람들은 아니었다.

　"뢰으, 저들에게 우린 어떤 사람들이겠나."

　"단장님… 설마 저들의 통제를 받으시려는 겁니까. 우리는 위대한 빛의 성가사단…….."

　"우리의 존재 이유가 무엇인가, 뢰으!"

　"모, 몬스터들을 처치하고… 사람들을 구제…….."

　"그래. 바로 그것이다. 우린 몬스터가 있는 곳이라면 존재 가치가 있다. 어디든 상관은 없다. 필요로 하는 곳에 있어야 한다. 통제가 아니라 이들만의 규칙은 있을 수 있다. 그렇지만 억압하려 든다면 난 우리 성기시단을 위해 거절한다."

　뢰으는 단장의 말을 이해할 수 있을 것 같았다. 모두를 위하고 있다. 이 세계에서 살아남기 위해선 누군가의 도움이 확실히 필요하다. 사람 사는 것은 똑같을 것이라 볼 수 있다. 그러나 도구라던지 세계관 같은 것은 전혀 다르다. 나라마다 풍습과 사용하는 도구들도 다르니 말이다.

"결정을 하신건가요."

조준호가 다가왔다. 둘이 하는 대화를 엿들었다기 보단 큰 소리로 대화를 해서 따라다니던 차에 전부 들린 것이다.

단장은 고개를 끄덕이곤 15명의 성기사들에게 소리쳤다.

"우린 몬스터들의 제거를 위해 단체, 로벨리아에 들어간다. 다른 일은 하지 않는다. 오로지 몬스터의 처치만 받아들일 것이다."

"존명!"

유한정은 자신을 쳐다보는 단장에게 고개를 끄덕였다. 몬스터만 처리해주고 로벨리아의 위상을 드높여주기만 하면 된다. 그게 유한정이 원하던 바였다.

"잘 지내봅시다. 유한정이라고 합니다."

"메르헨 빛의 기사단 단장, 제킬입니다. 잘 부탁한다."

둘은 악수를 나눴다. 사둔 건물이 있기에 지낼 곳은 따로 생각하지 않아도 됐다. 물론 여러 용품들을 구매해야겠지만 자본은 많이 남아 있다.

"대장! 정부에서······!"

갑자기 달려온 로벨리아 대원이 유한정을 불렀다. 그

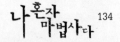

뒤로 이어지는 내용은 박 대통령, 그리고 ∀에 대한 내용이었다.

움직이기 시작했다는 것이다. 일단, 언론에 '범죄 집단 ∀의 보스는 박 대통령'이라는 것이 뿌려졌다. 이러한 기사들을 막기 위해서 박 대통령이 움직였지만 퍼지는 건 한순간, 덮을 거리도 없었다.

왜냐면 지금 박 대통령은 혼자였기 때문이다.

"다들 정말 이러기인가요? 이러면 좋을 것이 하나 없을 텐데요!?"

"이제 그만하시죠."

"모두 다 퍼트려주겠어요. 자네들이 어찌 이런 짓을 꾸며!"

"조용히 물러나길 바랍니다. 국민들의 분노를 감당할 수 없을 것입니다."

하나, 아니면 둘 셋만 된다면 뭐 괜찮다. 다른 힘들로 밟아주면 그만이니까. 그러나 최현길 의원은 얼마 되지 않는 나이에 국회의원이 되었다는 것이 배경만이 아니라는 것을 보여줬다.

모든 정부 사람을 철저히 분석해서 끌어 당겼다. 박 대통령에게 있는 것은 아무것도 없다. ∀, 그 단체에 대해서도 알아냈다.

온갖 범죄를 하고선 비밀리에 사회를 위한 비밀 집단

이라고 알려져 있다. 물론 각 부서의 우두머리에게 만이다.

지금의 능력자, 레이더, 유저 등으로 불리는 사람들도 전부 범죄자 아니면 약점 같은 것이 있는 사람들이었다.

군대를 동원해서 작전 수행을 마치고 전부 제압에 성공했다.

물론 쉴더, 오준영이 있어서 수월하게 해낼 수 있었고 국방부장관도 제대로 된 사람이여서 일을 진행할 수 있었다.

"이미 대외적으로 대통령 직위를 해제한다는 사실이 보도 될 겁니다. 물론 공석은 다른 사람으로 채워지겠죠."

'움직임이 있을 때 무시할게 아니었다. 이 자식들……!'

박 대통령은 때늦은 후회를 하고 있었다. 초기에 잘라냈으면 이러한 일이 생기진 않았을 것이다.

설마 ∀까지 힘을 쓰지 못하게 해놨을 것이라고는 생각지 못했다.

'내… 내가 이렇게 힘을 쓰지 못한다니……!'

머리와 급소들에는 빨간색 불빛이 한치의 떨림 없이 위치하고 있었다. 창문 밖에서부터 특수 여원들이 총구를

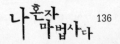

겨누고 있는 것이다.

흡수, 능력을 흡수하는 힘을 쓸 수도 없었다. 많은 능력자를 섭외하고 협박해서 휘하에 두었지만 자신의 스킬 흡수라는 것의 능력이, 랭크가 낮아서 무작정 스킬을 얻을 수도 없었다. 그리고 랭크를 올리는 것도 생각보다 상당한 시간이 소요되었다.

모든 계획은 물거품이 되었다. 어떤 스킬이 있어도 지금은 사용을 하질 못했다. 이상한 낌새라도 보인다면 당장 총알이 온몸을 관통할 것이다.

"가시죠."

"…어디로 가는가."

"모든 사실은 전부 공개할겁니다. 지금 상황에 대해서도, 그동안 했던 일들에 대해서도."

"당신은 의정부 교도소에 수감 될 겁니다."

더 이상 대통령이라는 단어는 붙이지 않았다. 이젠 범죄자일 뿐이었다.

하루는 점심을 먹다말고 TV에 시선과 귀를 집중시켰다. 숟가락이 식탁 밑으로 떨어지거나 말거나 놀라운 눈을 하곤 이가 갈렸다.

[좀 전, 박 대통령을 태운 수감차가 이동을 하기 시작했습니다. 각종 범죄를 저질러 능력자들을 영입하고 독재적으로 비밀리에 활동하던 단체 턴에이의 수장이 박 대통령으로 밝혀졌습니다. 그 외에도 박 대통령은 국민을 위해서, 환상 게임 바이러스에 대해서, 희생자와 유가족들에 대해서 그 어떤 일도 하지 않았습니다.]

앵커는 말을 하면서 자기도 화가 났는지 감정이 좀 섞였다. 그에 따라 지금 시청하는 사람들도 더욱 귀를 기울이고 집중했다.

[정부는 자체적으로 맑은 물은 아니지만, 너무 더러운 물은 걸러내겠다. 라고 입장 표명을 하였습니다. 나라를 이끌어가야 할 대통령을 이렇게 잘라낸 것도 유래에 없던 일이며, 새로운 나라의 장을 뽑는 것은 현재 회의 중에 있다 발표를 하였습니다.]

"대통령, 대통령이 그랬다고? 턴에이가 대통령이라고?"

하루의 얼굴이 일그러졌다. 당장이라도 달려갈 것 같은 표정이었다.

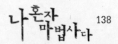

쉽게 분노가 가라앉지 않았다. 전부 죽여 버리고 싶은 마음이 들었다.

"주인."

"흥분하지 마라, 냉정해 지는 것이 싸움에서 이기는 방법이다."

말랑이와 가으하네가 말리는 듯 얘기를 해왔다. 그럼에도 하루는 고개를 숙인 채 걸어 나오는 박 대통령을 응시할 뿐이었다. 분노어린 눈으로 말이다.

[조직 턴에이의 제압은 성공적이고, 그들에 대한 처벌은 재판을 통해서 이뤄질 것입니다. 박 대통령 또한 재판을 통해서… 아 진짜, 무조건 사형입니다. 인간이 아닙니다.]

앵커는 생방송 중 종이를 집어던졌다. 이 사태에 대해서 국민의 한 사람으로서 분노한 것이었다. 다를 때 같으면 심각한 방송 사고였지만 그가 한 말은 틀린 것이 없었다. 직업의식에 대해서 좀 상사에게 욕을 먹고 징계는 있을지 몰라도 포털 사이트 등 여러 곳에선 앵커를 옹호했다.

'사형 시키지 않으면 직접 죽여야지.'

그 중에는 하루도 끼여 있었다. 지금은 직접 나서지 않아도 될 것 같았다. 국민 모두가 적이 된 셈이니 말이다.

따르르르ㅡ

하루에게 전화가 걸려왔다. 전혀 모르는 번호였는데 화를 삭일 겸 심호흡을 하고 전화를 받았다.

ㅡ이하루 씨, 안녕하세요. 국회의원 최현길이라고 합니다.

오준영, 그는 군대장으로부터 들은 소식으로 기분이 상당히 나빴다. 감히 국민을 상대로 사기를 친 것과 같았다. 그런 사람의 말을 지금까지 듣고 따랐다니 기분이 나쁠 수밖에 없었다.

∀의 능력자들을 소탕할 때까지만 해도 아무 사실은 몰랐다. 이제야 사실을 알게 된 것이다.

이하루를 만약 이쪽으로 끌어들이고 어떠한 일이 진행되기라도 했다면 어땠을지 끔찍했다.

"코드네임 쉴더, 당신은 국가에 꼭 필요한 사람이다. ∀와는 관련이 없다는 것을 알게 됐다."

"마법사 이하루와 친분을 쌓으라는 명이 있었습니다."

"그것 또한 전 대통령의 비서에 의해 알 수 있었다. 아직 그 명은 유효하다."

"……?"

정부에서 나온 사람은 이번에 새로 구성되는 '국가 능력자 관리부'의 사람이었다. 아직 그 힘이 제대로 발현되지는 않았지만 높은 지지율로 부상하고 있는 부서였다.

이제는 전 대통령이라고 불리는 자의 명이 아직 유효하다니, 무슨 말인지 제대로 이해가 가지 않은 오준영은 빨리 말을 해달라는 듯 표정에 변화를 주었다.

"이하루라는 지금 한국에 있는 자는 우리들에게 꼭 필요한 자다. 물론 그의 의지로 우릴 돕고 행동해야 하지만, 그 연결고리를 담당할 사람이 필요하다. 우리도 여러 방면으로 접근을 시도 하고 있으니 그 명을 수행해주면 좋겠군."

"…국가의 명이라면 할 수밖에 없겠네요. 그 인간은 어떻게 되는 겁니까."

"지켜보면 좋겠군. 코드네임 쉴더, 군인 오준영은 현 시간부로 전역이다."

무슨 말인가 싶었다. 이 상황에서 전역이라니 어울리지가 않았기에 깜짝 놀랐다. 옆에서 같이 있던 군대장도 고개를 끄덕였다. 정신을 똑바로 잡을 시간 정도는 주고 군대장이 입을 열었다.

"전역이다. 그렇지만 국가의 부름에 무조건적으로 달려와야 하며, 위험한 훈련엔 참가를 해야 한다."

한 마디로 편안한 생활들을 하다기 위험한 상황이 오면 그때마다 꼭 달려오라는 말이었다. 겸사겸사 이하루와 친분도 쌓고 말이다.

좀 마음에 들지 않는 것이 있지만 나름 괜찮았다. 중형 몬스터 사냥에 나선다면 반기는 레이더들도 많을 것이다. 서로 영입하려고 하겠지, 속으로 엄청난 이익이다 생각하며 고개를 끄덕였다.

"비밀리… 아니, 어느 정도 드러나긴 하겠지. 위험 요소들은 제거를 하는 팀을 만들 것이다. 그 우선순위는 쉴더, 마법사. 이 둘의 시작으로 더 모을 예정이다."

"팀…요?"

"우리 정부는 앞으로 더 강력한 몬스터들이 등장할 것으로 예상하고 있다. 이하루가 강하긴 하지만 옆에서 더 힘을 써줄 수 있는 동료가 있다면 힘은 배로 늘어나겠지."

한 마디로 비밀 병기, 몬스터에 대항하기 위한 최고의 사람들을 모은다는 뜻이었다. 오준영의 생각조차도 순순히 모이진 않을 텐데 어떻게 할 것인지 의문이었다.

"나라를 위해서 모이라 하면 순순히 모이지 않을 텐데요."

"그건…….."

이하루는 다리를 꼬고 앉았다. 한 번 보고 싶다는 최현

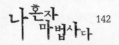

길 의원의 연락 때문이었다. 일단 정부 사람이고, 전 박 대통령에 대한 얘기도 알고 있을 수 있어서 만나자는 것을 흔쾌히 허락했다.

"저는 물론 이하루 씨도 빙빙 돌려 말하는 걸 싫어하실 것 같습니다."

"네, 본론만 얘기하시죠. 저도 물어볼게 많습니다."

"이하루 씨가 절대적으로 필요합니다. 다른 동료들을 모으기 위해서도, 이 한국이라는 나라를 위해서도 말이죠."

"제가 뭐 때문에 필요한 거죠? 다른 동료는 또 무슨 말이고……."

"앞으로 등장할 강한 몬스터들을 혼자 처치하실 수도 있겠지만 혼자서는 안 될 수도 있습니다. 말 그대로 대형 몬스터 대항 '팀'을 만들려합니다."

최현길, 그가 말을 꺼내는 것까지는 좋았다. 그러나 중요한 것을 하나 빼먹었다. 분명 팀이라는 것에 따른 보상에 대한 얘기도 회의를 했을 터, 사람은 이익이 되지 않는 건 거의 하지 않는다.

"보상. 혜택은요?"

하루는 꼬았던 다리를 풀고 눈에 이채를 띤 채 최현길을 바라봤다. 요즘 따라 더 많은 돈을 벌고 싶었다. 돈은 뭘 하든지 꼭 필요한 수단이자 힘이다.

만약 이 자리에서 나라를 위해서 희생… 혹은 고생…
이라는 말을 꺼내면 그대로 자리에서 일어설 생각이었
다.

최현길은 잠시 입술을 달싹이더니 뭔가 결심한 듯 얘기
를 늘어놨다.

"일단 모든 세금 면제, 첨단 기술로 만들어진 장비들
지원, 특별한 일 외에는 무조건적인 자유를 보장합니
다."

"장비? 장비는 지금 제가 입고 있는 것들도 충분한데
요. 더 뛰어난 것이 있습니까."

세금 면제에 대해서는 나름 마음에 들지만 나머지가 적
었다. 적어도 집 한 채나 월급으로 얼마를 준다 등의 말
을 해도 허락을 할까 말까였다. 그리고 장비도 주는 것이
아니라 지원, 빌려준다는 뜻이었다.

땀이 송골송골 맺히는 것이 최현길의 얼굴에서 보였
다. 한창 어린애한테 슬슬 기어야 한다니 정말로 자존심
이 무너지는 것만 같았다.

"아직 대통령 사건이 정리가 잘 안 됐습니다. 무조건
이익이 되는 일입니다. 저희 정부에선 그만한 보상을 해
드리겠습니다."

"대통령 사건… 박… 그 새끼는 순순히 이송 됐습니
까?"

"뭔가 감정이 있으신가보군요."

"내, 나의 어머니를… 후."

"제가 그 사건을 해결하는 중심에 있었습니다. 이곳에서 몰아내기 위해서요."

회심의 미소를 지었다. 이하루, 그는 전 박 대통령에게 좋지 않은 감정을 지니고 있다. 더불어 처리 해버릴 힘까지 있다.

악 감정을 지니고 있는 전 박 대통령을 처리한 사람이라 하면 호감과 함께 어느 정도 이야기를 좋은 방향으로 이끌 수 있을 것이라 생각했다.

"팀은 한 번 생각해보겠습니다."

'제대로 처리하지 않으면 전부…….'

으득, 소리가 들릴 정도로 이를 갈고 난 후 하루는 자리에서 일어섰다.

엄마 생각이 자꾸만 들었다. 이제 ∀는 없는 것과 마찬가지였다. 온 세상이 알아버렸으니 말이다. 더 이상 복수의 대상이 없어졌다. 개인적으로는 할 것이 없다. 사회가 그들을 심판할 것이었다.

로벨리아, 유한정과 조준호를 포함한 다수 대원들은 미

소를 머금었다.

정부에서 뛰어난 레이더들에게 지원 요청을 해서 ∀를 제압하고 확보하는 작전을 세웠다. 군대도 물론 포함됐지만 중형 몬스터들을 상대로 많은 경험이 있는 레이더들의 힘이 더 닿았다.

정부 내부에 있는 정보원들 덕분에 지원 요청에 온 사람들 중 50%가 로벨리아, 즉 정부와 가까워지고 있다는 뜻이었다.

"이대로라면… 가능하겠는데요. 지금 수색 작업도 활발히 진행되고 있다 합니다."

"아직이야. 우리 대원들… 아직 발견 못했어. 한정 공격대 애들은 아직 시신조차 발견되지 않았다고!"

유한정은 사무실용 책상을 발로 찼다. 박은형 전 대통령이 잡히고, ∀또한 많은 수를 잡았지만 한정 공격대나 시신들은 발견되지가 않았다.

아마도 다른 곳에 비밀 기지나 시신들을 매장하는 곳이 있을 것이라 유한정은 생각했다.

"좋은 징조잖아요."

"그렇긴 하지만……."

"저들이 말하는 '팀'에 우리가 낄 수도 있어요. 아직 극비이지만 쉴더와 마법사가 들어 가는 건 확실해합니다. 마법사 그 자는 아직도 턴에이에 악감정을 가지고 있고

146

더 파고들 생각이 있을 거라 예상됩니다."

너무 중구난방으로 진출하고는 있지만 최종적인 목표
는 한정 공격대 사건에 대한 충분한 보상과 로벨리아의
성장이다. 더 이상 그때와 같은 일이 일어나지 않도록 만
드는 것만이 해야 할 일이었다.

"씻었으면 좋겠군."

사무실 문이 열리며 성기사단 단장이 들어왔다. 떠오르
는 이슈로도 불리고 있었고 하급 뱀파이어 처치에 가장
많은 공을 세우고 있었다. 아직 이곳에 대해서는 잘 알지
못하고 있었다.

그것의 좋은 예로 계속 가르쳐 주고는 있지만, 샤워나
디지털 기기 작동하는 법을 병적으로 잘하지 못한다.

옆에서 자꾸만 가르쳐 줘야지만… 아니, 떠먹여 줘야
지만 그제야 신기하다는 표정으로 사용을 하곤 한다.

"제킬, 메르헨이라는 세계에서 당신들보다 강한 사람
들이 있었습니까?"

"많이 있었지. 하급 뱀파이어는 그… 개미, 개미 수준
이고 우리는 평민 수준이라고 해야 하나? 강한 사람들은
차고 넘치지."

유한정은 인상을 구겼다.

처음 건물에 있는 방들을 주며, 여러 가지 얘기를 나눴
다.

그중 제일 많은 비중을 두고 얘기하고 들었던 것이 다른 세계, 메르헨이었다.

그동안 알고 지냈던 판타지 세상과 높은 싱크로율을 자랑하고 있는 곳이었으며, 특히 어둠의 힘이 강하다고 했다.

어둠의 힘이라면 몬스터라는 것이냐고 물었지만 제킬은 나중에 기회가 된다면 천천히 알려준다며 대답을 회피했다.

"더 강한 사람들이 지금 이 지구에 있다면… 우리는 그냥……."

"정부로서도 막기 힘들지 않을까요. 군대를 동원한다 해도 그렇게 뛰어난 사람들은 없는데."

"처음 이곳에 왔을 때, 매우 친숙한 느낌이 들었지. 건물과 풍경만 다르고… 아, 물론 공기는 너무 탁해서 신성력이 잘 나올까 의문이었네."

제킬은 한 손에 빛을 발현시켰다.

어둠에겐 강한 힘을 낸다는 신성력, 온갖 버프를 걸 수 있는 스킬을 지니고 있었다.

깊은 상처도 의사들이 쓰는 힐과 같이 치료가 가능했다.

유한정과 조준호가 성기사단을 영입하길 잘 생각했단 이유이기도 하다.

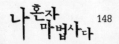

"이제 땀냄새 때문에 못 견디겠군. 뢰우, 가서 그 물 나오는 기계의 목을 따야겠어."

"목을 따도 물이 나오지 않던데요. 혹시 몰라서 여러 개를 잘라봤지만… 차라리 우물이 편한 것 같습니다. 단장님."

"…!? 제, 제가 갈게요. 가시죠, 어서."

제킬과 뢰으의 말에 식겁한 조준호가 어서 안내를 했다. 샤워기 가격이 요즘 물가가 올라서 비싼데, 다시 달아야겠다고 생각했다. 그리고 큰 대야에 물 좀 받아 둬야겠다는 생각도.

하루는 집에 도착하기도 전에 바로 유정에게 연락을 해서 만나기로 했다.

요즘따라 사이가 좋다.

다소 어색하기는 했지만 처음보다는 나았다.

"어디 가려구……?"

"어디든, 가면 좋은데."

"좋, 좋은 데 가는 거, 거야?"

입가에 미소를 올리는 하루를 보고 유정은 설마설마하는 마음을 가졌다.

혹시 몰라서 속옷을 제대로 입고 나오기는 했지만… 아니, 항상 준비를 하고는 있지만 또 혼자서 앞서나가나 싶었다.

아직 해가 떨어지려면 좀 시간이 걸린다.

하루는 필수 코스라고도 할 수 있는 영화관을 향해 걸었다.

마주 잡은 두 손을 꼼지락거리며 부드러운 손길을 느꼈다.

처음 하루가 유정의 손을 잡을 때, 너무 신기했다.

원래 여자의 손, 피부는 이렇게 부드러운가 하는 생각이 들었다.

제일 많이 잡았던 엄마의 손은 굳은살 천지였는데, 확실히 달랐다.

"이번에 영화 개봉해. 대장이라는 영화인데 주인공이 이순신 장군님이야."

"나 그거 알아! 바다에서 싸우는 게 장관이라던데. 와… 근데 우리 만약에 바다에 중형 몬스터 나타나면 어떻게 되는 거지?"

"처치하면 되지. 뭐가 걱정이야."

"오~ 믿음직스럽네."

유정은 어떻게 접근을 해야 할지 의문이었다.

채령과 했던 말들이 생각나고 뭔가 이상한 것이나 정신

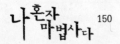

적인 것에 대해서 알아내려 하다 보니까 말이 제대로 이어지지 않는 것 같은 느낌이다.

주변엔 사람들이 몰렸다.

이 시간대에 영화를 보는 사람이 많나 보다.

세상이 흉흉해도 문화생활은 잘들 즐긴다.

다행히도 하루를 알아보는 사람들은 없었다.

혹시 몰라서 선글라스를 쓴 것도 있고 옷도 최대한 튀지 않게 입었다.

영화관에서는 조용해야 하기 때문에 말을 꺼내지 못했다.

배고프다고 해서 고깃집을 들리긴 했지만 유정의 눈에는 고기만 들어왔다.

"많이도 먹네. 누가 유정이 아니랄까봐. 학창 시절에도 그랬었잖아 너."

"누, 누가! 내가 언제 이렇게 많이 먹었냐!"

하루는 풋! 웃으면서 유정의 머리를 조심스럽게 쓰다듬었다.

귀여운 고양이 같아서 정말 소유 욕구를 자극했다.

"하루야, 근데 나 물어볼 게 있는데."

"뭔데 그런 표정이야?"

유정은 뜸을 들이며 한숨을 쉬었다.

기다리는 하루로서는 궁금할 다름이었다.

"일은 잘… 해결됐어? 어머니 일……."

"맛있지, 좀 더 주문할까? 여기 고기가 제일 맛있다 해서 데리고 온 거니까 많이 먹어도 아무 말 안 할게."

갑자기 말을 돌리는 하루, 너무 갑작스럽게 말을 끊었기에 유정이 당황을 했다.

그러나 정작 하루는 아무 일 없다는 표정이었다.

분명히 무슨 말을 했는지 들었을 텐데, 더 이상의 말은 없었다.

술 한잔할까 말하려고 했지만 어머니 관련해서 얘기를 하지 않으려는 모습이 보였기에, 억지로 행동을 해봤자 역효과가 나올 거라 생각했다.

"유정아, 넌 어떻게 살고 싶어? 뭐 하고 싶은 거 없나."

"나야 뭐… 너랑 같이… 아니, 모든 사람이 똑같겠지. 행복하게 사는 거. 돈 많고 하고 싶은 거 다 하면서 말이야."

하루는 조용히 듣기만 했다.

결국 사람들 생각하는 건 다 똑같다.

행복한 게 다지, 주변 사람 지키면서 사는 게 최고라고 생각한다.

그러면서 하루는 마법들을 더 많이, 필요한 것들을 만들어야겠다 생각했다.

마나를 응용해서 사용하면 스킬이 엄청난 확률로 만들

어지는데 너무 마법의 가짓수가 적었다.

"근데 은근 편했는데, 게임화… 그거."

"아…….'

지금 검색어 랭킹 1위는 사라지는 능력이었다.

그 결과, 이미 유정의 능력은 사라졌다.

대부분의 사람들도 마찬가지, 스킬들을 익히고 있던 초보자들도 마찬가지였다.

정확하게 밝혀진 건 없지만 레벨이 낮거나 게임화에 대해 별 관심이 없는 사람들은 인벤토리나 그동안 올렸던 스텟 즉, 신체 능력들이 사라졌다.

한 마디로 '일반인'과 '능력자'들로 나뉜 것이다.

동계에 따르면 능력이 사라지지 않은 사람들은 전체의 3%로 매우 적었다.

선택받은 자들이라고도 하는데 지금 소득도 제일 높았다.

"평범한 게 좋은 거야. 처음부터 아예 없었으면… 좋았는데. 이만 갈까?"

하루는 유정의 배가 남산같이 부풀어 오른 것을 보곤 웃으며 말했다.

이제야 해가 저물어서 어둠이 깔리기 시작했다.

유정을 집까지 데려다 주고 하루는 밤길을 걸었다.

강 옆에 있는 산책로를 이용하면 사람도 별로 없고 생

각을 할 수 있다.

그리고 가끔 몬스터도 등장한다.

"크르……."

"하급 뱀파이어."

하루의 눈이 차갑다.

이 정도로는 이제 움찔하는 법도 없다.

외형만 보고 하급 뱀파이어로 단정 지었다.

온몸이 피로 물들어 있는 것이, 꽤나 많은 사냥에 성공한 것 같았다.

조금 더 눈살을 찌푸려서 바라보니 실루엣이 눈에 익다.

"…그때 그……?"

"마, 마… 마버…ㅂ……."

이성을 잃은 상태의 뱀파이어였다.

보통 뱀파이어는 아니지만 싸워서 이겨본 적은 있었다.

다치아, 하루의 앞을 가로막은 몬스터는 다치아였다.

"제정신은 아닌가 보네. 나처럼……."

의정부 교도소.

기자들이 교도소 바로 앞까지 쫓아와서 촬영을 진행했다.

그리 많지는 않지만 어느 정도 이름 알아주는 곳의 기자들이다.

전문 앵커들까지 현장에 오게 된 것이다.

교도관들이 거칠게 박은형을 끌어낸다.

정말 악행 중 악행들을 저지른 박은형을 곱게 데리고 갈 리는 없었다.

"죄수번호 1045, 지하 감옥에 수감된다."

온 국민들이 한 뜻으로 '사형'을 내려야 한다고 말했다.

사실상 재판 같은 것은 필요가 없는 것이다.

역사상 처음 있는 일이고 악랄한 짓들이 모두 들통이 나버렸으니 날이다.

또한 새로운 나라의 지도자, 대통령에 대한 얘기들도 오가고 있었다.

'내가… 내가……!'

철컹, 철컹!

박은형의 손목에 걸려 있는 수갑이 차가운 소리를 내고 있었다.

이 수갑을 찬 상태로는 어떤 짓도 하지 못한다.

누가 제작했는지 몰라도 이런 교도소와 같은 능력자들이 생길 수 있는 곳에서 유용하게 쓰이고 있다.

'제압 수갑'이라는 것인데 그 어떤 스킬도 쓸 수 없다. 혹시 능력이 엄청 뛰어나다면 또 모르겠지만 지금까진 한 번도 그런 적이 없었다.

개 끌려가듯이 박은형은 긴 복도를 걸었다.

음산함과 옆에서 느껴지는 수많은 시선들, 모두 한순간에 무너져 내렸다.

그동안 뒤에서 몰래 쌓아 놓은 것이 얼만데… 이대로 옥살이를 해야 한다는 것이 비통했다.

"그림자, 그림자!"

"뭐하는 짓이야! 입 다물고 가만히 있어!"

역시나 불러봤지만 그림자들은 나타나지 않았다.

수갑 때문인지, 이제는 망했다는 것을 알기 때문인지 어쨌든 이대로 혼자만의 독방에 들어갈 수밖에 없다.

교도관들에게 더 강한 손힘에 이끌려 지하에 들어왔다.

1층에서 느꼈던 그 음산함은 별거 아니라는 듯 지하에선 털이 쭈뼛쭈뼛 섰다.

"죄수 1045, 입실. 식사는 하루 두 번이다. 볼일은 알아서 해결하고."

탁!

박은형을 감옥에 집어넣고 교도관들의 몸은 팝핀을 하는 것처럼 덜컹이다가 멈춰 섰다.

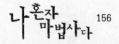

그리고 검은색 연기가 스멀스멀 방을 뒤덮었다.

교도관들은 움직이지 않았고 박은형은 저절로 떨리는 몸을 멈출 수가 없었다.

감옥에 이렇게 들어온 것도 처음인데 이상한 연기마저 들어오고 교도관들을 불러도 대답은 없었다.

"재밌─는─ 인간이네."

벽을 긁는 듯한 목소리가 들렸다.

박은형은 주름진 입가를 열며 어버버버… 말을 제대로 하지 못했다.

허공에 떠 있는 붉은색 구슬… 아니, 사람으로 치자면 눈동자라고 해도 된다.

희미하게 형태가 생성되더니 피로 얼룩진 죄수복을 입은 '4'번이 나타났다.

"뭔가 많이─ 축척─되어 있다─ 너도─ 나와 같구나─ 히. 이제─ 움직일 수 있─다."

'4'번의 말이 끝나자 박은형은 틱 장애처럼 목을 비틀며 눈동자가 공포로 물들다 혈관들이 터졌는지 붉게 물들었다.

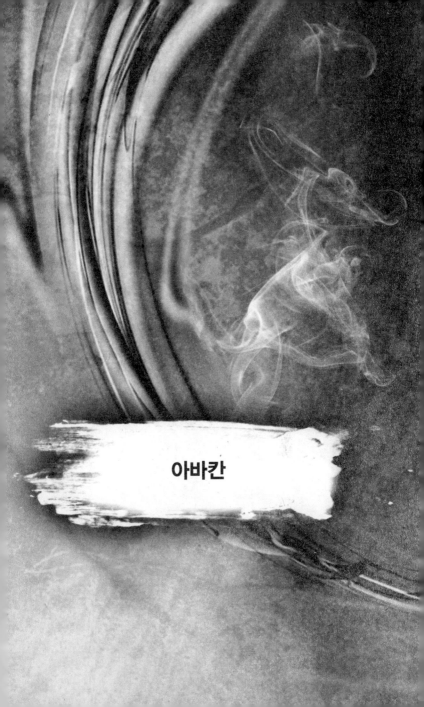

아바칸

다치아는 날카로운 이빨을 들이밀며 하루를 쳐다봤다.

익숙한 얼굴이 이상한지 고개를 갸웃갸웃했다.

주변엔 사람이 별로 없었다.

운동을 하는 사람이 간간이 보였지만 다치아가 나타나자 꽁지 빠지게 도망을 쳤다.

"…꽤 오랜만이네. 날 기억하고 찾아온 건가. 다른 놈들은?"

"크으…르—"

잔뜩 경계하는 모습이었다.

하루가 손에서 마나를 뽑아내자 예전 기억이라도 돌아

오는지 조금씩 뒷걸음질 쳤다.

뒷걸음을 칠 때마다 다치아의 근육들이 팽창하는 모습이었다.

추진력을 얻기 위해서였는지 다치아는 바닥을 박차고 앞으로 발사되듯 날아왔다.

행동으로 먼저 들어오는 것과 입으로 영창만 하면 피할 수 있는 하루의 블링크, 다치아가 공격을 성공할 리 만무했다.

너무 간단히 피하자 다치아는 조금 더 거친 숨소리를 내쉬며 손톱을 내뺐다.

"없으면 없다고 말을 해야지… 짓지만 말고."

푸른색 갑옷, 프리벤트를 착용하고 페나테스도 손에 쥐었다.

신체적인 능력도 좀 올려야겠다 생각을 했다.

보통 몬스터는 공격 몇 번이면 죽어갔지만 앞의 이 뱀 파이어는 그렇지 않다.

훈련용으로는 꽤나 적합했다.

마법으로 상대하면 물론 간단하다.

그러나 게소 사라나처럼 마법이 그다지 통하지 않거나 빅풋처럼 저항력이라도 가지고 있는 몬스터를 만난다면 페나테스로 상대를 해야 한다.

언제든 준비해서 나쁠 것은 없었다.

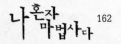

"덤벼."

채―앵!

하루의 페나테스와 다치아의 손톱이 부딪혔다.

역시나 다치아의 움직임을 따라가는 것은 역부족이었다.

순수 신체적 조건이나 근접 전투 센스는 다치아가 몇 수는 위에 있었다.

위험할 것 같으면 간간히 마법을 섞어서 상대를 했다.

몇 분이 지나자, 몸에 열이 나면서 땀이 흘렀다.

정말 오랜만에 흘려보는 땀이다.

아쉽게도 몇 번 다치아의 공격에 맞았다.

가슴과 등에 나름 강하게 맞았다.

그러나 사기적인 갑옷의 능력을 보여주기라도 하듯 흡수율과 방어력에 의해 떨어진 체력은 없었다.

"크, 크아아!"

"시끄러, 동료라도 불러?"

다치아는 쓰러지지 않는 하루를 보고는 화가 났는지 소리를 질렀다.

하루의 말이 맞다하고 보여주듯 강가에서 물에 젖은 채 올라오는 하급 뱀파이어와 앞뒤로도 몰려들었다.

하루는 맞아도 체력이 달지 않으니 여유롭게 서 있었다.

그러나 하급 뱀파이어들은 아니었다.

무작정 하루를 발로 차기 시작했다.

"아, 이……!"

치고 빠지기, 하루가 눈치를 채고 공격을 하려거나 잡으려 해도 빠른 민첩성으로 도망을 쳤다.

여전히 체력은 그대로, 줄지 않았다.

아무리 그래도 맞는 건 생각보다 기분이 나쁘다.

그리고 이러한 충격들이 쌓이고 쌓여서 기절 상태로 갈 수 있다는 것을 몇 번 경험했기 때문에, 하루는 결국 다 쓸어버리는 수밖에 없다고 판단했다.

"더 놀아주려고 했는데."

하루는 페나테스를 인벤토리에 던져 넣고 손을 휘둘렀다.

그리고 마나들도 같이 날아가게끔 했다.

자연의 마나, 바람이 형성되어서 날아갔고 양손에서 뿜어져 나간 바람이 만나서 뒤틀렸다.

마치 토네이도처럼 바람이 휘몰아치고 알림음이 들렸다.

─스킬 '거스트 오브 윈드'가 생성되었습니다.
─스킬 '그레비티'와 '리버스 그레비티'가 생성되었습니다.

갑자기 두 개나 스킬이 생성돼서 놀라긴 했다.

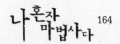

컨트롤 스킬 덕분이라고 예측을 하긴 했다.

바람에 마나를 뽑아서 같이 날렸으니 말이다.

거스트 오브 윈드

거친 바람을 일으킨다.

일정 확률로 작은 회오리가 생성되기도 한다.

어디로 튈지 모르는 바람이기 때문에 주변을 고려해서 사용하는 것을 추천한다.

그레비티

무거운 바람으로 상대방을 짓누른다.

이동 속도를 낮추고, 바람의 압박으로 인해 10초간 침묵 상태가 된다.

리버스 그레비티

바람으로 무엇이든 가볍게 만들 수 있다.

본인에게도 사용할 수 있으며 플라이처럼 공중에 단시간 뜰 수도 있다.

그레비티 스킬과 응용을 해서 사용하면 강한 데미지를 줄 수도 있다.

"거스트 오브 윈드—!"

하루는 재빨리 스킬 설명을 읽고서 사용을 했다.

강가에 있는 물길도 휘몰아치며 올라오고 하급 뱀파이어들도 몸을 제대로 가누지 못했다.

다치아의 몸에도 바람에 의한 상처가 생기기 시작했다.

바람의 범위 내에서 도망치고 싶어 하는 기색이 보였지만 하루는 쉽게 보내줄 생각이 없었다.

바람이 움직이는 가운데 화염, 폭탄이 터지면 그 위력은 상상을 초월한다.

하루는 곧바로 파이어-버스터를 시전하고 다치아에게로 향했다.

나머지는 살아남은 하급 뱀파이어들을 노렸다.

"크어… 마, 마법사……."

얼굴과 몸의 반쪽이 완전히 타들어가서 죽어가는 눈으로 다치아는 하루를 쳐다봤다.

제정신이 조금이나마 돌아왔다.

지금 자신의 몰골을 보고 단발마의 비명을 질렀다.

주변을 둘러보니 난장판이다.

물도 산책길 이리저리 튕겨져 있었으며 잔디는 듬성듬성 전부 뽑혀져 있었다.

소나무도 꿋꿋한 허리를 반으로 접어서 숙이고 있었다.

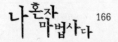

하급 뱀파이어들의 시체들도 피를 흘리며 널브러져 있었다.

하루는 페나테스를 다시 꺼내들고 다치아에게 다가갔다.

"확실히 죽여야, 이런 일이 생기지 않겠지."

냉정하게 다치아의 목과 심장 쪽을 푹─ 푹─ 찌르고 평상복으로 다시 환복을 했다.

별다른 기분은 들지 않는다.

사람들이 사는 곳에 이런 몬스터들이 드나들면 위험하지 않을까 생각만 들었다.

자칫 유정이 길거리에서 이런 놈들을 만나도 처리를 해줄 사람은 별로 없다.

"몬스터들 씨를 말릴 수는 없나……."

전엔 그러지 않았는데, 극소수로 몬스터가 등장하곤 했는데 이젠 시도 때도 없이 나타나고 있었다.

하급 뱀파이어들 얘기지만 꼭 그렇지만도 않았다.

오크나 코볼트 등도 나타나서 일반인들을 괴롭혔다.

"내일부터 알아보는 수밖에 없네. 쑥대밭이 되기 전에."

하루는 곧바로 집으로 돌아갔다.

채령이 혹시 저녁을 먹지 않고 들어왔을까 된장찌개를 끓여두었다.

고소한 냄새가 느껴졌지만 배도 부르고 그리 당기진 않았기에 바로 샤워를 하러 들어갔다.

"하아……."

몸이 쫙 풀리는 느낌이다.

다음 날 근육통에 걸릴 것만 같은 생각이 들었지만 땀을 흘렸다는 것만으로도 보람찬 하루를 보낸 것만 같았다.

물이 몸을 적시며 흘렀다.

중간 중간 빨간 하급 뱀파이어들의 피가 흘렀다.

하루도 모르는 사이, 몸 안쪽으로 흘러 들어갔나 보다.

"병 같은 건 안 걸리겠지?"

하루는 마법과 장비들이 센 것이지, 몸 자체는 허약했다.

사실 근접전 싸움도 장비빨이지, 하루의 기술 같은 것이 뛰어난 것이 아니었다.

충격들에 기절을 하는 것처럼 몸에 뭔가 이상이 생긴다면 하루도 어쩔 수 없다.

말하자면 유일한 약점이었다.

"채령아, 뭐 내가 알 만한 거 있어?"

"아니요오… 아직 박은형 전 대통령에 대해서만 연속으로 방송하고 있어요."

거의 집에서 많은 생활을 하는 채령과 가으하네, 말랑

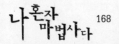

이는 뉴스나 인터넷으로 정보 수집들을 하고 있었다.

가으하네는 가끔 밖으로 나가서 사람이 없을 때 검을 휘두르곤 했다.

말랑이도 마찬가지로 단련을 하는데 둘이서 대련을 하기도 했다.

"가으하네, 몸은 이상 없지?"

"더 좋아진 것 같다. 아무래도 그때의 상황보다 더 좋아진 것 같고 내 실력도 날이 갈수록 정진하는 느낌이다."

가으하네가 진지한 표정으로 얘기를 하며 수건으로 머리를 털고 있는 하루에게 다가왔다.

뭐하는 짓인가 쳐다봤지만 예상이 가진 않았다.

"부탁이 있다. 좀 더 넓은 집은 없나? 공터라던가… 수련을 할 수가 없다."

"…생각 좀 해보고."

안 그래도 좁지 않은가 싶었다.

큰 덩치의 가으하네와 말랑이, 여자인 채령은 행동하기가 좀 불편했을 것이다.

1년간 아무 말도 하지 않았는데 갑자기 이렇게 말을 해오니 생각할 필요가 있다 느꼈다.

고개를 돌리는 순간, 채령이 자신도 그렇게 생각한다는 듯 머리를 끄덕이기도 했고 말이다.

이 집은 버릴 수가 없다.

엄마와 함께 둘이서 살았던 곳이기도 하고 여러 가지 추억들이 담긴 곳이기도 하다.

두 명이 살던 집에서 네 명이 사니까 확실히 좁아 보이긴 했다.

현재 모은 돈도 있고 충분히 집 한 채 정도는 더 살 수 있는 여력이 됐다.

'한 200억… 좀 넘나.'

전부 열심히 레이드를 하고 판 결과다.

200억이라는 돈은 그저 통장에 쌓여만 갔다.

엄청난 돈이기도 하지만 하루는 쓸 줄을 몰랐다.

레이드를 하는 사람들 통장도 하루와 비슷하게 억 단위로 쌓아가며 고소득을 올리고 있었고, 최근 결혼 시장에서 최우선은 레이더들이었다.

강남 집값도 요즘 대충 20억이면 꽤 좋은 곳을 장만한다.

내부에 인테리어 물품들이나 가구들을 산다면 가격은 더 나가겠지만 하루 통장에 있는 돈을 본다면 그까짓 것들은 조금 비싼 껌값 정도밖에 안 됐다.

따르르—

핸드폰이 울리고 액정에는 '유하빈'이라는 이름이 떴다.

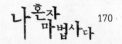

가끔 전화가 오지만 하루는 전부 무시를 하고 있다.

　유정이 옆에 있는 만큼, 고마운 만큼 행동에도 신경을 쓰는 것이다.

　"하… 그만하지."

　현재 4통째 부재중으로 떴다.

　아마 샤워를 하는 동안에도 전화가 왔나보다.

　진동으로 해둬서 밖에선 잘 들리지 않았고 지금도 마찬가지이지만 신경이 쓰였다.

　한 번 제대로 연락하지 말라고 말을 해야 하는데, 또 막상 얘기를 하고 싶은 생각에 수신 버튼을 누르려 하면 입이 떨어지지 않을 것 같았다.

　"나 잔다. 그리고… 무슨 일 있으면 깨우고, 내일은 다 같이 사냥이나 가자."

　다시 방문을 열고 셋에게 말을 했다.

　사실 사냥이 아니라 학살과 다름없었지만 그게 그거였다.

　이제 사냥은 별 감흥도 없다.

　빅풋 정도가 나타나야지 '아~ 몬스터가 나타났구나' 할 정도다.

하루는 다음 날 아침이 되자, 바로 출발했다.

일단 어느 정도 발달된 도시라도 꼭 아직 발달이 덜 된 곳이나 오래된 곳이 있기 마련이었다.

또 그러한 곳엔 몬스터가 등장을 했다.

중형 몬스터는 아니지만 일반 몬스터들도 은근 위협이 되는 존재들이다.

아예 부락을 형성해서 도시에서 좀 떨어진 곳에서 살고 있는 오크들도 있다.

리젠이 되는 건지 성 활동이 활발한 것인지는 알지 못했다.

"마법사 아니야?"

"뭔 일 생긴 거야? 아직 아무 소식도 못 들었는데……."

"따라갈까? 아니야, 그러다 죽으면……."

갑자기 하루가 나타나자 도시는 어수선해졌다.

하루의 인기 때문이기도 하지만 이렇게 나타날 경우는 꼭 무슨 일이 생기곤 했기 때문이다.

물론 하루의 뒤를 몰래 따라오는 사람은 있었다.

어쩔 수 없는 상황이기도 하고, 별로 위험하지는 않았기에 그냥 내버려 뒀다.

개입하면 떼어놓을 수는 있었지만 그런다고 포기할 사람들이 아니었다.

집 앞에서 서성이는 극성팬들도 이미 알고 있었다.

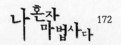

가으하네가 그것을 느끼고 전부 죽이려 들었지만 가까 스로 채령의 말림에 유혈 사태는 이러나지 않았다.

사람이 별로 드나들지 않는 구 터미널 쪽의 공원으로 가자 몬스터들의 소리가 들려왔다.

얼마나 사람의 손길이 타지 않았는지 몬스터들의 타액 과 배설물 냄새인지 악취가 진동했다.

악취에 일가견(?)이 있는 하루는 표정도 변하지 않고 먼저 마법을 시전했다.

"다들 알아서 놀아."

이곳에서 지내는 몬스터는 '코카르'라는 늙은 수탉이었 다.

다만 그 덩치가 사람만 했다.

식용으로도 생각할 수 있지만 각종 병을 지니고 있는 살덩어리를 먹을 사람은 없었다.

시험 삼아서 잡아다가 요리를 해봤지만 만지는 것만으 로도 강하진 않지만 감기나 열병 같은 병에 걸렸다는 일 화가 있었다.

꾸꼬꼬꼬꼬!

화끈하게 악취들을 하루가 먼저 날려버렸다.

여기 말고 갈 곳이 무척이나 많았기에 집중을 하기 위 해 핸드폰도 꺼두고 전투에 집중을 했다.

말랑이 고기다 하면서 침을 흘리며 달려들었지만 먹으

면 죽는다는 말에, 말랑이는 괜히 죽은 코카르들을 건드리며 돌아다녔다.

그 시각, 의정부 시내에선 난리가 났다.

거대한 신생아 백화점이 박살나고 있었다.

가까이 있는 지하철도 운행을 급작스럽게 중단하게 됐다.

"인간드—을—"

"으아아아아아악!!"

아파트 7층 높이 정도의 크기, 덕지덕지 붙은 근육들과 어울리지 않게 흰색 피부를 지니고 있다.

흰색 피부에 사람들의 피가 묻으니 더욱 혐오스러워졌다.

머리 위에는 '아바칸'이라고 이름이 떠 있었지만 그것을 볼 수 있는 사람들은 없었다.

평범한 사람이 대부분이었고 레이더들도 이 자리에 섞여 있었지만 감히 덤빌 생각은 못했다.

자기들이 속해 있는 정공(정규 공격대)에 연락을 취하면서 도망치는 것만이 유일한 방법이었다.

"나오니 좋군— 하아— 메르헨과 다른 공기— 크으… 맛있는 인간들이 있구나—"

아바칸은 자신의 힘을 자랑하듯 마구잡이로 건물들을

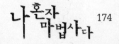

부셨다.

 기본적으로 평범한 사람들은 손으로 쓸 듯이 치워버리고 능력이 있는 레이더들을 잡아냈다.

"놔, 이 새끼야! 맛없어, 없다고!"

"그건 내가— 먹어 보고— 결정을 하아지."

 잡아서 어떻게 먹는지 봤기 때문에 손에 잡힌 남성 레이더는 경기를 일으키며 소리를 쳤다.

 왜 또 이렇게 갑자기 나타났는지, 신을 원망할 뿐이었다.

 튼튼한 이빨로 으적이는 모습을 보고 있을 새가 없었다.

 아바칸은 눈동자를 돌리며 다른 먹이들을 찾았다.

"도망—가지 마—"

 아바칸이 손을 뻗자 지반이 무너지면서 거대한 싱크홀이 생겨났다.

 사람들이 대거 그 안쪽으로 떨어지고 아바칸도 그곳으로 뛰어들었다.

 싱크홀로 사라지고 나서 몇 개의 싱크홀이 더 생성되었다.

 의정부 지하 감옥, '4'번 죄수복은 찢겨져 있었고 박은형의 사체는 파헤쳐져 있었다.

 형체를 알아볼 수도 없었다.

마지막으로 봤던 붉은 눈동자와 아바칸의 눈동자는 같
았다.

"최현길 의원!"

"알고 있습니다. 침착하게 대응을 해야 합니다."

아바칸에 대한 정보는 빠르게 정부에도 전달이 됐다.

하필이면 대통령도 정해지지 않은 이 마당에 이런 일이
터지다니, 좋지 않은 상황이었다.

최 의원은 빠르게 연락을 돌렸다.

일단 최우선으로 오준영을 불렀다.

의정부로 출발을 해달라고 했는데 중간에 헬기를 내릴
수 있으면 헬기로 이동을 하기로 했다.

다음으로 연락을 이하루에게 했는데 연락이 안 됐다.

최 의원은 신음을 흘렸다.

제일 필요한 이하루가 연락이 되지 않는다면 그 피해는
전국적으로 확산될 수가 있다.

직접 소식을 듣고 이동을 해준다면 제일 좋았다.

그래서 인터넷이나 방송으로 아바칸에 대해서 빠르게
알렸다.

국민들이 공포에 떠는 것도 문제가 있었지만 더 중요한
것은 피해를 최소화시켜야 하는 것이다.

"빠르게 대응 회의해 주시길 바랍니다."

"최 의원, 마법사 그자는 아직인가? 그자 없이 지원을

가는 것은 무리라고 보고 있네. 최악의 시나리오가 나올
수 있어."

"정말… 포기해야 하는 겁니까. 만약 또 다른 지역으로
이동이라도 한다면…….."

최악의 시나리오란 그 지역을 버리는 것이었다.

최대한 막아보기는 하겠지만 총이든 폭탄이든 전혀 통
하지가 않는 몬스터들을 상대로 버티는 것은 굉장히 어
려운 일이었다.

도중에 하루가 와서 해결이라도 해주면 좋지만 그때는
이미 도시 전체가 많이 훼손된 후일 것이다.

의정부 피해가 지금도 많이 심각한 상태였다.

"CCTV 확인 결과, 다량의 싱크홀이 생성되고 있습니
다!"

"그 대형 몬스터는?"

"싱크홀 내부로 들어간 것 같습니다. 그 후로는 CCTV
도 훼손이 되어서… 위성으로 접근을 해봤지만 피해 상
황만 보일 뿐입니다. 대형 몬스터는 보이지 않습니다."

"싱크홀은 왜 생겨나는 것이지? 하필이면 그곳에."

한층 더 분위기가 무거워졌다.

CCTV 화면이 띄워지고 주변에는 시체들이 널브러져
있었다.

아무런 힘도 써보지 못하고 무차별하게 죽은 것이다.

살아남은 사람들은 완전 눈물바다였다.

다리가 떨려서 잘 움직이지도 못했다.

"몇 년 전부터 생겨왔던 것이기 때문에, 대형 몬스터의 힘이라고는 볼 수는 없습니다. 그러나 가능성을 염두에 두고 접근해야……."

"접근은 무슨! 지금 사람이 죽고 있어, 사람이!"

다들 그냥 고개를 내저을 뿐이었다.

게소 사라나와 빅풋 사건도 해결되었으니 이하루만 있다면 잡을 수 있을 것이라는 희망을 품었다.

"쉴더가 버텨주는 수밖에……."

오준영, 집에서부터 전속력으로 달렸다.

정부에서 지원을 해준 차가 있었기에 좀 더 빠르게 이동을 할 수 있었다.

아니면 헬기가 도착할 때까지는 그냥 걸어가야 할 판이었다.

한쪽 귀에는 블루투스를 끼고 정부에서 빠른 길을 CCTV로 실시간으로 전송 받았다.

동생이 걱정된다는 모습을 했지만 자랑스러워했다.

죽으려 가는 것이 아니라 어디까지나 방어를 해주러 가

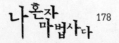

는 것이다.

그렇게 동생을 달래고 이동을 했다.

"몬스터, 아직 학살 중입니까?"

"현재 CCTV로는 보이지 않습니다. 위성으로 보고는
있지만 싱크홀로 들어간 후에는 모습을 나타내지 않고
있습니다."

"헬기는요."

"5분 후에 도착합니다. 준비해 주십시오."

차보다는 헬기가 좀 더 빠르다.

곡선으로 꾸불꾸불 이어진 도로보다는 일직선으로 날
아가는 것이 더 빠르다는 건 기본적인 상식이었다.

오준영은 차를 세워두고 헬기를 기다렸다.

이번에 새로 맞춘 장비들을 착용하니 든든한 느낌이었
다.

특수한 금속을 써서 제작한 플레이트 아머였다.

대장장이 특수 기술인지, 경량화가 기본 옵션으로 장착
이 되어 있어서 무척이나 가벼웠다.

방어력과 움직임 두 마리를 잡는, 그야말로 방어를 담
당하는 오준영에게는 딱 맞는 장비였다.

방패도 새로운 것으로 바꿨다.

원래 끼던 것이 좀 더 익숙했지만 익숙한 것과 좋은 장
비 중에선 역시나 좋은 장비를 껴야 했다.

엄청난 차이, 여기다가 오준영, 쉴더로서의 스킬까지 더해진다면 엄청난 방어력을 지니게 되는 것이다.

투두두두두—

헬기 소리가 들려오고, 도로 한가운데로 점점 내려왔다.

의정부로 가는 도로에는 오준영의 차만 있었다.

이미 소문이 퍼질 대로 퍼져서 최대한 멀리 떨어지고 싶다는 것이 사람들 심리였다.

"쉴더, 탑승 완료. 빠르게 이동합니다."

"지원은 언제 오는 겁니까, 마법사는요!?"

소리가 잘 들리지 않을까 큰소리로 얘기를 했는데도 상대방 쪽에서는 잠시 말이 없었다.

감이 좋지 않은 오준영은 말을 해올 때까지 기다렸다.

"…마법사는 연락이 잘 통하지 않습니다. 아무래도 올 때까지는 기다려야…….."

"버틸 때까지는 버텨보겠지만…….."

"이게 무슨…! 기장, 헬기 돌립니다. 홍대, 서울 쪽으로 이동. 다시 말합니다. 홍대 지점으로 이동하십시오!"

정부 쪽 요원은 상당히 긴박한 목소리로 말을 했다.

모두 다 같이 얘기를 주고받고 있었기 때문에, 오준영은 물론 헬기를 조종하는 기장에게도 말이 들어갔다.

"무슨 일입니까? 대형 몬스터는 의정부에!"

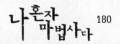

"홍대 쪽에 있습니다. 아무래도…! 예, 예. 최 의원님, 홍대 쪽으로 이동했습니다. 쉴더도 헬기로 이동 중입니다."

기장은 재빨리 궤도를 바꿨다.

괜히 홍대로 가라는 게 아니다.

의정부에 있다던 대형 몬스터가 홍대에 있다니… 이게 어찌 된 일인가 이상했다.

"지하로 이동을 한 것 같습니다. 우리 생각보다 민첩성이 훨씬 높습니다. 상대하실 때 조심해야 합니다."

"알겠어요. 근데 홍대 사람들은……."

"…피해가 크겠죠."

정부와 오준영의 생각대로 홍대는 쑥대밭이 진행되어가는 중이었다.

아바칸의 힘이 어느 정도인지 가늠하기도 어려웠다.

홍대를 덮침으로써 알 수 있는 사실은 싱크홀의 정체를 아바칸이 만들어냈다는 것이다.

안쪽은 조사를 해봐야 알겠지만 아직 미지의 곳이었다.

"의정부에 있다매에에에!!"

"정부 이 개새끼들! 믿을 게 못 되잖아!"

"어, 엄마… 그래, 엄마. 사랑해, 사랑해. 여기 몬스터가… 흑……."

가족들에게 전화를 하고 아예 도망가기를 포기한 사람들이 태반이었다.

아바칸이 한 발자국을 움직이면 수십 명이 사망했다.

젊은 사람들의 놀이터, 홍대 건물이란 건물은 전부 무너져 내렸다.

폭탄 테러를 당한 듯한 모습이었다.

"아― 아직― 부족하다― 가지 마― 이렇게 쉬운 먹이들이라니―"

아바칸은 입맛을 다셨다.

메르헨에서는 방해하는 놈들 때문에 이렇게 맛있는 먹이들을 제대로 먹질 못했다.

이 정도면 진수성찬, 고마워하며 먹어야 했다.

"혈십자!"

"죽어라아아! 피의 화살―!"

간지러운 공격들이 아바칸의 다리에 꽂혔다.

수십 명의 사람들이 아바칸을 노리고 있었다.

움직임을 예측하고 피해가며 짜잘한 공격들을 하는데 정작 아바칸은 개미가 무는 것 같은 기분도 느끼지 못했다.

다들 서로 눈을 맞춰가면서 공격을 하는데 짜임새가 있었다.

근딜과 원딜 그리고 멀리서 힐을 해주는 의사도 있었다.

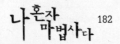

정규 공격대가 이름을 알리기 위해 무작정 달려든 것처럼 보였다.

다른 사람들은 미친놈들이라고 봤다.

그렇게 공격을 해서 화만 더 돋우면 어떻게 하나라는 심정이었다.

"먹이들이― 직접 찾아왔구나― 크흐흐―"

고개를 돌리다 아바칸의 눈에 다리에 붙어 있는 사람들이 들어왔다.

모기 잡듯이 아바칸이 팔을 휘둘렀다.

순간 속력은 인간이 피할 수 있는 게 아니었다.

각자만의 마지막 단말마를 지르고 저세상으로 떴다.

온몸이 터지고 너덜거리며 날아가는 사람들도 있었다.

그때, 아바칸의 옆으로 헬기가 들어왔다.

"하강합니다. 그레이트 쉴드!"

오준영을 태운 헬기가 도착을 했다.

무장을 한 오준영이 아바칸의 어깨 위로 떨어지며 방패로 꽂아서 조금이라도 데미지를 줘 볼 요량이었다.

헬기 소리는 들리는지 아바칸이 반응을 했다.

그 순간 어깨에 오준영이 안착, 방패로 공격을 해봤지만 역시나 반응은 없었다.

귀찮은 벌레를 떼어낸다는 듯 손을 휘―젓는 순간, 오

준영은 숨을 참았다.

쿠아앙!

스킬이 취소되고 반대편 건물에 오준영의 몸이 박혔
다.

간신히 막을 수준이었다.

'오래 막을 수는 없어. 데미지가……!'

"쉴더!"

사람들이 발견을 했는지 좋아했지만 몰골을 다시 한 번
보고 얼굴은 눈물범벅이 됐다.

쉴더로서도 막기 힘들다는 것을 아는 것이다.

"막기, 힘듭니다. 어서… 어서, 마법사를 찾아요. 기다
리지만 말고!"

얼마나 버틸 수 있을지 모른다.

아직 많은 사람들이 살아 있긴 했지만 유지할 수 있을
순 없다는 것이 최소한의 예상이었다.

오준영이 보기에도 마법사가 온다 해도 저 대형 몬스터
를 막을 수 있다는 보장이 없다.

한 번 몸을 가져다 댔는데도 알 수 있었다.

게소 사라나와 빅풋과는 차원이 다르다.

헐크의 100배는 강하다고 표현할 수 있을 정도였다.

"쉴더, 그로도 막기가 힘듭니다. 잠시 대형 몬스터의
머리 위쪽을 본 결과, 이름은 '아바칸'이라는 것이 밝혀

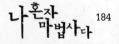

졌습니다. 마법사, 이하루 씨의 도움이 절실합니다. 다른 능력자, 레이더분들도 이 나라를 위해 도움의 손길을…….”

위험한 뉴스, 나서경 기자도 홍대에 자리를 잡고 있었다.

언제나 같이 움직이는 카메라맨과 함께였는데 카메라맨의 표정이 영 불편해 보였다.

아바칸의 모습을 최우선으로 카메라에 담고, 주변 풍경과 상황들을 담으며 즉석으로 나서경 기자가 멘트를 이어갔다.

나서경 기자도 전과는 뭔가 다르다는 것을 느끼고 있었다.

“서경아, 카메라 놓고 그냥 가는 게 어때. 너무 위험하다.”

“무슨 말이야~ 마법사가 등장해서 저놈 쓱싹하는 거 찍어야지.”

“후…….”

‘역시 말을 들을 리가 없지.’

카메라맨은 더 지켜보기로 했다.

나서경은 사람들이 죽어가는 게 이제 아무것도 아니라 생각했다.

그도 그럴 것이, 위험한 곳에만 가면 나뒹굴어 다니는

시체들이 많았기에 어느 정도 익숙해진 것이다.

'위험한 뉴스'의 인기는 실로 대단했다.

어떻게 그런 곳에서 살아남을까 하는 의문도 있었지만 엄청난 것들을 바로 바로 보여주니 엄청난 정보가 되었다.

갈 곳이 없을 때는 살아남는 법에 대한, 다른 지역의 몬스터 정보에 대한 팁들까지 제공을 했다.

"언제 오는 거야. 피해가 엄청난데……."

카메라를 세워두고 두리번거리며 지켜봤다.

카메라를 움직일 필요는 없었다.

이미 풍경은 보여줬고 현재는 셜더가 아바칸을 상대로 버티고 있었으니 말이다.

"크흡!"

"오— 니가 제일— 맛있겠다— 굉장해—"

"닥쳐, 너 따위한테 먹히진 않을 거다."

오준영이 하고 있는 것은 마법사가 올 때까지 아바칸이 도망가지 못하게, 좀 전과 같이 의정부에서 홍대로 온 것처럼 이동을 하지 못하게 버티는 것밖에 없었다.

아바칸의 키 반도 안 되는 그레이트 셜드는 시전하는 족족 깨져버렸다.

공격 경로를 눈치채고 겹겹이 스킬을 쓰는 것이 전부였다.

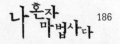

피할 수 있는 여력이 되면 그랬지만, 스치기만 해도 체력이 쭉쭉 떨어지는 것을 느꼈기에 함부로 행동은 못 했다.

"더 이상 안 됩니다. 뭐라도, 대포라도 쏘라고!"

"조금만, 조금만 더 버텨 주길 바란다. 쉴더, 이하루가 금방 도착할 거다. 연락이 닿았다."

몇 분을 버티고 있는데 아직 시선이라도 돌릴 만한 지원군이 오지도 않았다.

당연히 올 거라고 생각한 자신이 바보였다.

출발은커녕 TV로, CCTV로 보는 게 다일 테지.

마지막에 인이어로 들려오는 소리는 가뭄에 단비 같았다.

연락이 닿았다니, 불행 중 다행이었다.

하루는 이게 웬 난리인가 싶었다.

몇 시나 되었나 핸드폰을 켜는 순간, 수많은 부재중 전화가 찍혀 있었다.

대부분 정부에서 걸어온 듯한 전화였고 간간이 유정과 하빈에게도 연락이 와 있었다.

"홍대요? 대형… 대형?"

─네, 대형 몬스터입니다. 벌써 의정부 시내는 박살이 났고 홍대도 지금… 빨리 이동 좀 해주시면 감사하겠습니다.

지금까지 상대했던 것은 중형 몬스터였다.

게소 사라나와 빅풋 또한 대형에 속하긴 했다.

정부에서는 지금 지켜본 바로는 그것들과는 비교도 되지 않게 강한 것 같다는 말을 덧붙였다.

"주인님, 뭐 문제 생겼대요?"

"빨리 가봐야겠는데. 사람들이 죽어가고…….."

문득 왜 자신이 가야 하나 생각이 들었지만, 얼굴도 많이 알려져 있고 사회 평판이라는 것도 있기에 가긴 가야 했다.

사람 목숨이 달려 있기도 하고 말이다.

짧은 시간 안에 주변 몬스터를 정리하긴 했는데 다시 리젠될지는 몰랐다.

혹시나 해서 지형이나 으스스한 건물들은 전부 철거하는 것처럼 부숴가며 이동하긴 했다.

이동을 하기 위해서 마을 시내로 걸어가는데 헬기 소리가 들려왔다.

혹시나 해서 이동을 위해 미리 와 있었던 것 같았다.

"저희가 데려다 드리겠습니다."

"우리가 더 빠를 것 같은데요."

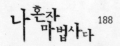

데리러 온 것은 고마웠지만 하루에게는 마차가 있었다.

천공 도시 조우라, 그곳에서 얻은 마차의 속도는 빨랐다.

헬기에서 내렸던 사람은 고개를 저었다.

"하늘에서도 길은 알아야 합니다. 혹시 면허나… 어디로 향해야 하는지 길을 아시나요."

"그건……."

마차를 타고 싶었지만 이 사람 말대로 길을 몰랐다.

무작정 방향만 일직선으로 쭉 가다간 아무리 하늘이라도 길을 잃어버린다.

헬기 안쪽은 하루를 포함해서 가으하네와 말랑이, 채령을 모두 태울 수 있는 충분한 공간이 있었다.

전화로 위험성을 안내 받았기 때문에 채령과 말랑이를 놓고 갈까도 생각을 했지만 분명 섭섭해할 것이다.

앉아 있는 둘의 모습은 비장함이 가득했다.

'이번엔 방해가 되면 안 되지.'

'병원에 가봐야 되는데 왜 이런 일만 생기는 거야…….'

그동안 열심히 가으하네와 수련도 하고 사냥도 혼자 많이 나갔던 말랑이는, 자신의 힘이 어느 정도 될까 기대가 됐다.

이럴 때를 대비해서 게을리 지내지 않았다.

항상 하루에 한 번씩은 사냥이나 가으하네에게 덤볐다.

반면, 채령은 지금 가는 곳은 걱정이 되지 않았다.

강한 주인님이 있으니 별문제 없겠거니 했다.

문제는 주인님의 병, 정신에 대해서 알아보기 위해 병원에 전화를 미리 해두었는데 혹시 어떤 이상 징후라도 생기면 하는 마음이 자꾸만 들었다.

"이제 곧 도착합니다!"

"심각…하네."

하루는 좀 전에 넘겨받은 아이패드의 위험한 뉴스를 보며 신음을 흘렸다.

게소 사라나가 날뛸 때의 모습과도 비슷하긴 했다.

그러나 지형까지 바뀌어서 전쟁이라기보다 완전 다른 곳으로 변해가는 듯한 모습이었다.

기장의 말을 들은 하루는 장비들을 착용했다.

먼저 마법을 사용해서 공격하긴 할 것인데 통하지 않는다면 바로 페나테스로 기회를 노려볼 심산이었다.

"가으하네, 말랑이, 채령. 나 먼저 내려간다. 조심해서 딜 넣고, 죽지 마."

"나도 뛰어내리지."

"알겠다, 주인!"

"주인님… 조심해요."

하루는 헬기 문 앞에서 대기를 했다.

가까이 아바칸의 모습이 보였다.

가으하네도 뒤이어서 뛰어내릴 생각으로 보였다.

워낙에 탄탄하고 실력이 있으니 믿는 가으하네였지만 다른 소환수, 채령과 말랑이는 아니었다.

이 높이에서 떨어진다면 분명 충격을 고스란히 받게 될 것이다.

하루야 마법이 있어서 괜찮았지만 다른 사람에게 써줄 수는 없었다.

유일하게 아쉬운 점이었다.

휘이이잉—

헬기 문을 여니 바람이 느껴졌다.

피비린내도 같이 났다.

하루가 그 바람으로 몸을 날렸다.

"플라이—"

"대장, 우리도 가야 하지 않아요?"

"아직 아니야. 그것보다, 우리가 가봤자 개죽음만 당할 뿐이다."

대원의 말에 유한정은 고개를 도리질했다.

모두가 모여 프로젝터를 통해 위험한 뉴스로 상황을 지켜보고 있었다.

역시나 분위기는 침울했다.

"성기사단을 움직이면…….''

"일단 말은 해봐야겠지, 상대할 수가 있나. 한 번 불러와 줘."

한 명이 프로젝터 회의실 밖으로 뛰어나간 후에 제킬을 불러왔다.

특별한 일이 없다면 전부 빈방에 있었기에 그리 오랜 시간이 걸리진 않았다.

"무슨 일이지?"

"제킬, 혹시 저 몬스터에 대해서 아는 게 있습니까?"

유한정은 잔인한 광경이 펼쳐지고 있는 프로젝터를 가리키며 물었다.

제킬 옆에 뢰으도 함께 왔는데 둘 다 표정이 좋지 않았다.

대형 몬스터에 대해서, '아바칸'이라는 몬스터에서 잘 아는 듯 생각을 정리하는 것 같았다.

그리고 의문이라는 듯 먼저 뢰으가 입을 열었다.

"왜 저놈이 여기… 있는 거지?"

"비정상적… 아니, 보통 크기보다는 크긴 하지. 바바리안족이 여기 있다니… 뢰으, 자네가 보기에도 오우거 모

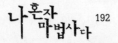
192

습이 맞지 않은가.”

“네, 분명합니다. 바바리안족의 오우거, 블랙 타입입니다.”

로벨리아 대원들은 둘의 대화에 집중을 했다.

아바칸에 대해서 유일하게 정보를 알고 있는 자들이라고도 할 수 있었다.

지금 문제가 되는 몬스터에 대해서 처음으로 알게 되는 것이다.

정부나 지금 아바칸을 상대하기 위해 가고 있는 이하루에게 말을 전한다면 좋은 협상의 조건이나 로벨리아를 알릴 수 있는 좋은 정보였다.

“제킬, 바바리안… 블랙 타입은 뭐죠? 오우거라는 단어는 알고 있지만.”

“우리 메르헨에는 바바리안이라는 야만적인 종족이 있지, 오우거들로만 이루어진 종족. 웬만한 공격으로는 가죽에 흠집조차 대지 못하고… 특히 블랙 타입, 인간을 주먹이로 삼고 그들의 능력으로 자신의 힘을 기르는 특이한 놈들이지.”

“성기사단이 상대하는 건…….”

“어렵다. 우리로서는 저놈을 상대할 수 없다. 몇 분을 버티는 게 고작일 것이다.”

“단장님, 성수라면…….”

이렇게 들어보니 정말로 상대할 수 있을 만한 놈이 아닌 것 같았다.

이들은 직접 겪어 본 적이 있을 것이다.

직접 상대를 해본 결과로 이길 수 없다 말하니 더욱 와닿았다.

뢰으가 제킬에게 성수에 대해서 말을 했지만 제킬은 망설임 없이 고개를 가로저었다.

"성수도 저놈의 피부를 잠깐 연하게 만드는 것뿐, 방법은 없다. 뢰으, 저들을 위해 우리가 할 수 있는 일은 기도하는 것뿐이다."

제킬은 메르헨에서 블랙 타입 오우거를 상대했을 때를 떠올렸다.

지금 이곳에 나타난 몬스터보다는 덩치가 작았지만 몬스터 토벌을 나갔다가 만나게 된 메르헨에서의 오우거에게 죽을 뻔했다.

"방어진을 구축하라!"

"홀리 쉴드, 전장의 축복!"

우거진 나무들을 뚝뚝 꺾어가며 다가오는 오우거, 무식의 대명사로 잘 알려져 있었지만 그렇게 무식한 건 아니었다.

뒤에서 귀찮게 공격을 하는 성직자들을 먼저 죽이려 들었다.

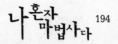

그리고 원거리에서 활을 쏘고 있는 자들 또한 먼저 노렸다.

가까이에 있는 성기사들은 힘에서부터 쭉 밀렸다.

크아아으아!!

오우거가 울부짖자 검은색 방어막들이 생성되었고, 놀란 성기사들은 어둠을 정화하는 성수를 던져서 맞췄다.

이렇게 됐을 때 해야 할 행동은 하나밖에 없다.

괜히 패기 넘치게 저런 몬스터를 상대할 생각을 했던 것이 잘못이었다.

"성기사단은 빠르게 빠진다. 원거리, 견제!! 빠르게 이 구역에서 벗어난다!"

이를 꽉 깨물며 더 이상의 희생자가 나오지 않게 성기사단이 빠질 때까지 원거리 딜러들에게 견제를 부탁했다.

정말 천운으로 빠져나오는 데 성공했다.

그전에 성수를 맞은 곳에 화살이 꽂혀 있는 것을 볼 수 있었다.

그렇지만 깊숙이 박히진 않았다.

우리들의 몸에 이쑤시개를 잠시 눌러서 꽂아둔 것 같은 모습이었다.

"그만큼 어렵다는 거네요. 우린… 어쩔 수 없다. 상대할 수 있는 힘이 없다. 저 정도는… 나와 조준호가 가서 어느 정도 도와줄 수는 있겠지만 대원들을 끌고 가기엔 역부족이다."

"그렇지만 저희도……!"

"괜히 죽을 뿐이다. 저곳… 이하루? 이제 도착을 한 건가?"

유한정은 프로젝터로 뻗었던 손가락을 천천히 접으며 난사되는 마법을 바라봤다.

원하던 광경이 이제야 보이기 시작한 것이다.

그 모습에 제킬과 뢰으는 오우거를 처음 봤을 때보다 열 배는 더 놀랐다.

"어… 어찌……!"

허공으로 하루가 날았다.

또다시 헬기 소리가 들리자 아바칸이 약간 귀찮은 듯한 표정이었다.

오준영은 지금까지 잘 버텨주고 있었다.

비록 차고 있는 장비들이 많이 찌그러졌지만, 오준영의 체력은 그다지 많이 달지 않았다.

먼저 하루는 파이어-버스터를 시전했다.

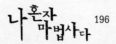

이글거리는 화염 덩어리, 왠지 예전보다 더 강해진 듯한 모습이었다.

그 뒤로 바람도 함께 날렸다.

조금이라도 더 데미지를 주기 위해서였다.

"크—으?"

단 번에 아바칸이 반응을 했다.

목 부근에 마법이 전부 박혔는데 약간 그을린 정도였다.

빅풋과 같이 마법 저항력이 있는 것일까, 하루는 페나테스를 움켜쥐었다.

쉴더도 내려온 하루를 발견했다.

기뻤지만 흔한 인사조차 하지 못하는 상황이다.

눈치를 봐가며 방어를 해줘야 했다.

"마법…? 마법—인가—? 여기서!?"

아바칸은 놀랍다는 듯 혼잣말을 했다.

하루는 다시 한 번 마법으로 공격을 시전했다.

한 곳을 집중 공격한다면 그래도 어느 정도 공격이 통하지 않을까 하는 생각에 시져 니들, 마나를 날카롭게 만들었다.

하루를 잡으려는 아바칸의 손은, 오준영이 다시 한 번 그레이트 쉴드를 시전함으로써 막을 수 있었다.

하루가 그냥 블링크를 써서 빠지면 되지만, 오준영

이 자신을 약간 어필하기 위해서 한 계산적인 행동이었다.

"내가 알아서 피할 테니까! 쓸데없이 체력 낭비하지 마!"

"네, 네……!"

하루가 오준영에게 소리를 질렀다.

이미 자신보다 나이가 아래인 것을 알고 있었기에 반말을 했고, 하루 자신 외에 사람들이 스킬을 사용하면 체력이 깎긴다는 것은 알고 있다.

뭣 모르는 사람이 스킬이 생겼다면서 스킬을 남발하다가 죽었다는 일화도 많이 있었기에, 체력은 아직까지 게임화 능력이 남아 있는 사람들에게 중심이 되는 것이었다.

궁수나 도적들도 체력을 많이 올리는 추세였다.

전투를 진행하면서 공격받아서 깎기는 체력과 스킬을 씀으로써 깎기는 체력이 엄청났기 때문이다.

그렇다고 해서 하루의 장비처럼 흡수 능력이 있는 것도 아니었다.

물론 흡수 능력이 있는 장비가 있었지만 정말 시세가 장난 아니었다.

"블링크! 대쉬─ 비팅 스피어!"

아바칸이 다시 하루를 잡기 위해서 빠르게 손을 뻗었다.

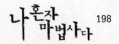

그렇지만 허공을 휘저을 뿐이었고 하루는 바로 아바칸의 몸체로 다가가서 페나테스를 휘둘렀다.

마법이 이렇게 통하지 않는다면 직접 공격이라도 하는 수밖에 없었다.

그러나 아바칸의 살결에 페나테스가 닿아도 피부에 흠집은커녕 뭔가 이질적인 느낌이 들었다.

'계속 공격을 하지만… 이질적인… 뭔가 가로막는 것 같다. 아니, 회복인가?'

남아도는 마나, 하루는 생각을 진행하면서 마법을 난사했다.

블링크로 이리저리 피해가면서 가히 사기적이라고 볼 수 있는 무차별 공격이었다.

그 모습에 위험한 뉴스를 보고 있는 시청자들은 입을 떡하니 벌릴 수밖에 없었다.

저렇게 공격을 하는데 설마 쓰러지지 않겠냐, 저런 축복캐가 왜 자신이 아니냐는 등 말이 많았다.

아바칸은 지속되는 마법 공격에 짜증이 차올랐다.

오랜만에 포식을 했건만 다시 배가 고파지고 있었다.

"마법사─ 짜증난다─ 역시, 싫다─"

쿵쿵쿵.

아바칸이 마구잡이로 팔과 다리를 흔들었다.

안 그래도 튀어나와 있던 힘줄들이 조금 더 부풀어 올

랐다.

아바칸의 앞, 허공에 생기는 마법진들에 하루가 크게 놀랐다.

게소 사라나와 싸울 때 봤던 그 마법진과 매우 흡사했다.

하루는 형태를 알아볼 수 없는 지반에 서서 매직미러를 시전했다.

뭐라도 날아온다면 막아보고, 안 될 것 같으면 피하기로 했다.

"이하루 씨! 바닥!"

"어—?"

하루의 몸이 기울었다.

오준영이 빠르게 부른다고 불렀지만 이미 바닥은 사라지고 없었다.

당황한 사이, 하루는 아바칸이 만들어낸 싱크홀 내부로 떨어지고 있었으며 아바칸은 커다란 발자국을 지면에 남기고 싱크홀로 뛰어들었다.

"크어어—!"

공중에서 날아드는 아바칸의 모습, 묵직한 놈이 떨어지는 속도까지 합쳐서 주먹을 뻗으니 그 충격은 엄청날 것이다.

하루는 그 충격에 대비하기 위해서 매직미러를 더욱더

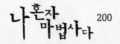

생성했다.

그리고 매직미러와 아바칸의 주먹이 만났다.

얇은 유리라도 되듯 매직미러를 힘없이 가루가 되어 없어졌다.

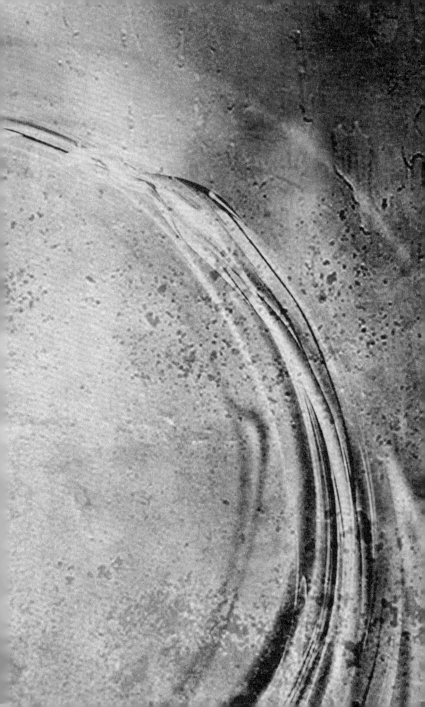

카메라맨

홍대 지반이 무너지고 있었다.

접근조차 잘 하지 못한 채령과 말랑이는 지켜볼 수밖에 없었다.

이 난리 속에서도 살아남은 사람들을 구해내는 데에 초점을 맞췄다.

가으하네도 한쪽 발 부분을 목표로 대검을 휘둘렀지만 고개를 가로저었다.

메르헨에서 소드 마스터로 이름 좀 날렸다.

그러나 처리하는 몬스터와 처리하지 못하는 몬스터는 역시 있었다.

"너무… 너무 컸다."

싸우고 있는 하루를 쳐다본다.

블랙 타입 오우거, 강함 힘과 생명력의 대명사이긴 해도 잡을 수 없는 것은 아니었다.

철저히 이들의 생태계와는 떨어진 곳에 사람들이 살았기에 그다지 오우거들은 강하지 않았다.

반나절 정도만 힘겹게 싸우면 잡을 수 있지만 지금 눈앞에 있는 오우거는 그것을 초월했다.

손만 뻗으면 있는 인간들, 충분한 힘을 축적하고 활용할 수 있다.

가으하네의 눈에는 보인다.

아바칸의 몸에 둘러싸여져 있는 검은색 막이.

왜 블랙 타입이라 불리는가, 바로 이 검은색 막 때문이었다.

생명체의 생명 에너지를 흡수하면 이 막을 영구히 생성할 수 있는 힘을 얻을 수 있다.

생명 에너지는 오우거 자신의 덩치를 유지하는 데도 필요하지만 이런 검은색 막을 생성하는 데도 필요하다.

"가으하네, 좀 도와줘!"

"주인은 힘들다. 저거, 너무 강하다."

돌무더기에 깔려 있는 사람을 빼내기 위해 끙끙거리는 모습이 눈에 보였다.

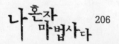

몇 개 정도야 움직일 수 있는 힘이 있긴 하지만 단체로 수십 개의 돌덩이 아래에 깔린 것이다.

가으하네도 팔을 걷어붙이고 인명 구조를 시작했다.

조금이라도 도움이 되긴 하지만 둘로서는 역부족이었다.

딜을 넣어서 저 막을 깎을 사람이 부족했다.

"나서경! 더 이상, 위험하다고!"

"왜 그래에~ 항상 잘해왔잖아, 어? 싱크호……!"

카메라맨, 그도 알고 있었다.

느낌이 적색 신호를 띤 것이다.

마법사도 힘겹게 상대를 하고 있었다.

솔직히 몇 번 아바칸을 상대로 공격을 시도해봤지만 덩치도 덩치, 공격을 해도 전혀 나아진 것이 없었다.

벗어나야겠다고 생각을 하던 도중, 카메라 앵글에 이하루의 몸이 넘어가는 것이 보였다.

싱크홀, 그것이 빈틈을 만들어 준 것이다.

"안 돼, 나서경!!"

안전하게 지금까지 있던 곳에 싱크홀이 생겼다.

아래로 점점 내려가는 나서경 기자, 그녀의 눈빛엔 공포심만이 자리하고 있었다.

카메라도 같이 바닥으로 떨어졌다.

정확히 자신, 카메라맨의 앞까지만 싱크홀이 갑자기 생

겨버리더니 나서경 기자를 잡아먹은 것이다.

손을 뻗어서 잡으려 했지만 손가락 마디만 스치고 싱크홀이라는 어둠에 가려졌다.

몇 초… 아니, 몇 분 정도가 체감 시간이었다.

그 어떤 말도 할 수가 없다.

두 눈엔 눈물만 흐르고 있었다.

그리고 나중에 차오르는 것은 아바칸에 대한 복수심이었다.

"괴물 새끼… 반드시 죽인다… 서경이… 서경이……!"

이름 이재영, 직업은 카메라맨이다.

나서경은 보통 여자가 아니었다.

처음 그녀를 본 것은 방송국이었다.

특별하게 마주친 것은 아니다.

그저 슬쩍 지나가는 가운데 유치하게 첫눈에 반한 것뿐이다.

게임화가 되고 나서, 매일매일 몰래 지켜보던 그녀는 위험한 생각을 하고 있었다.

전국 방방 곳곳을 돌아다니면서 필요한 정보들을 찾고, 볼거리를 만드는 일이었다.

"지금 사람이 죽어 가는데 참나……."

"나서경! 도대체 무슨 생각을 하는 거야!?"

다른 사람들은 모두 외면했다.

같이한다는 사람도 없고, 국장님도 계속 반대하고…
그런 위험한 짓을 할 사람이 어디 있냐는 우려가 깊었
다.

결국 나서경의 오랜 사투 끝에 할 사람이 있다면 허락
은 해주겠다고 말을 했다.

어떻게 이 사실들을 전부 이재영이 알고 있냐 하면, 사
실 취미가…….

"하아… 역시 오늘도 예뻐, 어떻게… 어떻게 저런 사람
말을 거절할 수 있지?"

가까이 다가가기 힘들어도, 카메라로 항상 찍으며 따라
다녔다.

몰래카메라, 취미이며 유일하게 그녀의 얼굴을 정면에
서 볼 수 있는 수단이었다.

볼펜으로 된 몰래카메라를 가지고 다니면서 그녀의 뒤
를 졸졸 따라다녔다.

물론 몰래, 몸을 숨기면서 따라다녔다.

그러다가 여러 스킬들이 생겼다.

시간을 멈출 수 있는 스킬과 혹시 모를 때를 대비해서
몸을 지킬 수 있는 극한의 행운이라는 스킬 등이 생겼
다.

"저기요, 매일 따라다녔죠. 스토커예요?"

"아, 아니… 아니… 그게."

딱 걸리고 말았다.

그것도 추한 몰골로 마주치게 되었다.

검은 패딩에 아무렇게나 말린 머릿결, 딱 카메라맨의 표본이라고도 할 수 있었지만 부끄러웠다.

나서경 기자는 두 눈을 빛냈다.

얼굴 가까이 다가오니 향긋한 향수냄새가 코끝을 적셨다.

"방송국 사람이죠. 뭐예요? 포지션이?"

"카메라……."

그때였다.

그때부터 뜨거운 구애(?)가 시작된 것이다.

나서경 기자는 자신을 따라다닌 이재영을 역으로 따라다녔다.

그녀의 의도는 이미 전부 알고 있었지만 이재영은 고민이 되었다.

어쨌든 목숨에 관련된 일이 아닌가, 사실 마음속으로는 허락을 했지만 좀 더 이 상황을 즐기고 싶었다.

"포기해야 될까봐… 오빠도… 하기 싫지? 정말……."

술 한잔 같이할 만큼 이젠 친해졌다.

취해서 말을 하는데 도저히 보고 있을 수가 없었다.

이렇게 마음고생 하는데… 자신에게 스킬이 있다.

나름 강하다고 자부도 하고 있었다.

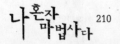

그까짓 것 한 번 해보면 된다.

"아니, 하자. 해 보자."

그때부터였다.

꿈에만 그리던 여인과 소심한 이재영이 연애를 시작하고 함께 방송도 시작하게 된 것이.

이하루를 기점으로 대박이 나기 시작하면서 승승장구했다.

"으아아아아아!!!"

싱크홀 내부로 뛰어 들어가고 싶다.

그러나 자신은 냉정하게 생각해야 했다.

최소한 복수라도 해야겠다는 마음, 그것이 발을 묶었다.

"카메라— 롤."

셔츠 주머니에 있는 볼펜을 달칵— 눌렀다.

붉은빛이 감돌기 시작했다.

쿠앙!

울퉁불퉁 튀어나온 지반, 하루는 싱크홀이 아닌 바닥에 박혔다.

그래도 충격은 굉장했다.

이게 어떻게 된 일이냐면, 매직미러에 아바칸의 주먹이 박히고 하루에게도 충격이 전해질 때쯤 블링크를 시전했다.

"아, 흑… 미친……."

단 한 방, 그것도 매직미러로 막기까지 했는데 고통이 심했다.

갑옷으로도 어찌 막을 수 있는 정도가 아닌 듯 체력이 반 피 이하였다.

처음 있는 일이라서 하루도 충격이 심했다.

저절로 신음이 흘러나왔다.

잠시 누워 있자 발자국 소리가 들려왔다.

"주인님!"

"괜찮나, 주인!?"

갑자기 하루가 싱크홀 아래로 떨어져서 놀란 채령과 말랑이가 달려온 것이다.

눈을 떠보니 오준영의 모습도 보였다.

어떻게 됐나 살펴보러 온 것이다.

아바칸이 올라올 수도 있다.

저런 괴물과 싸울 수는 없을 것 같았기에 하루는 빨리 입을 열었다.

"도망, 도망쳐야 돼. 안 돼, 나 혼자선!"

"역시 마법사도 어쩔 수 없나요. 저도 막기 힘든 공격

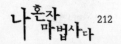

을 제대로 맞기라도 한다면… 한 방에……."

오준영은 그렇게 말하면서 차고 있던 인이어에 대고 '일단 후퇴합니다'라고 말했다.

그 후에 헬기가 날아오는 소리가 들렸다.

이미 여기 있는 다섯 명 빼고 살아 있는 생명체는 없었다.

살려고 몰려드는 사람은 없어서 걱정이 없었다.

"빨리 여기에서 벗어나야지, 괴물이 올라올 수도 있어."

지금 하루 생각엔 아바칸이 싱크홀 내부, 바닥에서 자신을 찾고 있을 것이라고 생각했다.

'자신의 주먹에 맞아서 바닥에 지금쯤 처박혀 있다고 생각하고 있겠지' 하고 싱크홀을 돌아다니면서 먹으려고 찾고 있을 것이다.

헬기에 탑승을 하고 나서 하루는 오준영이 주는 인이어를 착용했다.

건너편에서 익숙한 목소리가 들려왔다.

―이하루 씨, 최현길 의원입니다. 용건만 간단히 말하겠습니다. 상대…하기 벅차십니까.

"벅찬 게 문제가 아닙니다. 저런 괴물은… 저로서도……."

남자로서 '할 수 없다, 어렵다'라고 말하는 것이 자존심에 금이 갔지만 틀린 말이 결코 아니었다.

느낌상 데미지는 들어가는데 외형으로는 전혀 아니었다.

좀 전의 상황을 생각해봐도, 같은 상황이 반복되지 말란 법 없었다.

많은 변수는 존재할 것이고, 위험에 노출될 것이다.

장비와 매직미러 덕분에 반 피밖에 달지 않았지만 보통사람들은 더 큰 피해를 받을 것이 분명했다.

―알겠습니다. 저희는 대책 회의를 해야겠습니다. 나중에 다시 연락드리겠습니다.

"…네."

돌아가서 정리할 필요가 있었다.

지금은 아바칸과 마주쳐서 좋은 결과를 갖긴 힘드니 말이다.

하루가 인이어를 빼고 헬기에 편히 몸을 기댈 때, 아까지나온 곳에서 커다란 굉음이 났다.

보지 않아도 뻔하다.

하루를 찾지 못한 아바칸이 분노한 듯 소리를 치는 것이었다.

아예 신경을 끄기로 했다.

지금으로서는 방법이 없다.

"핵… 아니, 무슨 대책이 없습니까. 주민들 대피라

도……."

"어디로 움직일 줄 알고 대피를 시킨답니까. 지금 이곳으로 오지 않은 것을 천만다행이라고 여겨야 합니다. 공격이 통하지 않는 것인지 저 몬스터의 체력이 무한대로 높은 것인지 일단 쉴더가 오면 진행해야 합니다."

"최 의원, 그… 능력자들을 더 모을 수는 없소? 우리에게 알려지지 않은 능력자라든지 은둔 고수 같은……."

다들 고개를 저었다.

그런 은둔 고수가 있다면 나와도 진즉에 나왔어야 정상이었다.

자신의 나라가 이렇게 망가져 가는데 가만히 있을 리가 없다.

최현길 의원도 인상을 쓰고 있을 뿐이다.

거대한 화면을 바라보며 신음만 흘릴 뿐이었다.

어떻게든 해결은 해야 하는데 지금 쓸 만한 카드라곤 마법사와 쉴더밖에 없었다.

우수한 능력자들이야 있긴 있지만 싸워보겠다 할 수 있을지 없을지는 모른다.

화면에는 또다시 아바칸이 난리를 피우고 있었다.

정부에서 예상한 대로 아바칸으로 인한 피해는 전국으로 확산이 되었다.

모두가 두려움에 떨고, 정부는 그런 사람들의 질타를 받았다.

외국으로 지원 요청도 했지만 자기들 나라도 지금 지원을 갈 만한 사람이 없고, 여건도 마땅치 않다고 거절만 했다.

인터넷에서는 아바칸에 관한 이야기들과 현재 이동 경로, 위험한 뉴스의 나서경 기자에 대한 얘기가 떠돌고 있었다.

많은 사람들 중 한 명이기도 했지만 항상 위험한 곳들에서 곧잘 살아왔던 나서경 기자의 죽음은 사람들의 안타까움을 자아냈다.

"주인님… 전화 안 받으실 거예요?"

"내가 뭐 해줄 수 있는 게 없어. 그런 괴물은… 그 사람 아니면 데미지를 줄 수조차 없을 거야."

뉴스를 보면서 웅얼거렸다.

게소 사라나를 죽인 장본인, 그가 나타난다면 상황은 달라질 수 있었다.

모습이 어떤지, 무슨 스킬을 쓰는지는 전혀 모르지만 단 하나는 알고 있다.

하루 자신보다 강하거나 동급의 실력을 지니고 있다는

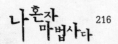

것 말이다.

하루는 소파 위에서 울리는 핸드폰을 액정이 보이지 않게 뒤집어 버렸다.

무슨 해결법이 나오긴 했는지 궁금하긴 했다.

최현길 의원에게 오는 전화를 전부 받지 않고 있었다.

[주요 도시들은 다행히 비켜나가고 있습니다. 그렇지만 도로를 포함해서 다른 지역들은… 폐허가 된 모습입니다. 보시다시피 아바칸이라고 알려져 있는 이 대형 몬스터의 주변으로 싱크홀이 생겨나며…….]

서울특별시, 인천광역시, 경기도 등의 수도권 지역들을 빼고는 거의 모든 곳이 폐허로 변해간다고 보면 됐다.

저녁에는 배가 부른지 아바칸도 잠을 청했다.

벌써 며칠째 지속되는 이 악몽 같은 시간에 하루는 집 안에서만 지내고 있었다.

아바칸이 날뛰면서 주변에 있던 다른 몬스터들이 놀라 마을 안으로 덤벼드는 사건들이 점차 많아졌다.

하루가 지내고 있는 이 마을에는 그가 있기 때문에 별문제가 없었지만 다른 곳들은 아니었다.

아바칸이 지나가지도 않은 곳에도 문제가 생겼고 피해

가 극심했다.

띵—똥—

"누구야."

"마법사님, 저 오준영입니다. 썰더로 불리는…….."

"아— 결국 직접 찾아오네."

오준영이 군인 즉, 나라에서 지금 일을 하고 있는 처지인 것은 알고 있다.

아바칸을 상대하고 나서 갈 때도 아무 말 하지 못했는데 이제야 말을 좀 나눠볼 수 있게 되었다.

보나마나 아바칸에 대한 얘기를 우선적으로 할 테지만 말이다.

"들어와요. 집이 조금 지저분한데."

"아, 네……."

어색한 듯 오준영은 그래도 빈손으로 올 수가 없어서 가지고 온 과일 바구니를 채령에게 주었다.

좁은 집에 5명이나 있으니 갑갑했지만, 하루는 가으하네와 말랑이는 방에 들어가 있으라고 말을 했다.

"아바칸… 때문에 왔나봐요."

"말 편히 하세요, 형. 처음 보는 사이도 아니잖아요."

"그래, 나도 그게 좋긴 하지. 아바칸은 지금쯤… 아직도 날뛰고 있겠지."

"아니요, 지금은 일단 멈췄어요. 며칠 동안 사람들을

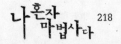

먹고 다녀서인지……."

약간 슬픈 표정이 되었는데 고개를 좌우로 털고 다시 말을 이어 했다.

채령은 간단한 주스와 다과를 가지고 와서 하루의 옆에 앉았다.

"정부에서 내린 결론, 그리고 로벨리아라는 정규 공격대가 정보를 줬어요. 아바칸은 블랙 타입 오우거, 바바리안족이라는 것과 함께 검은 막이 있다는 것을요."

"저 거대한 게 오우거…? 검은 막은 뭐야?"

"방어막이라고 보시면 됩니다. 저도 공격을 해봤는데 느낌상 뭔가 가로막고 있다는 것은 알았어요. 정부가 지금 시도하려는 것은 많은 레이더 즉, 능력자들의 무차별 적인 공격으로 방어막을 깎아내리는 것이에요."

"참여하겠다는 사람이 있어?"

하루는 약간 의심스럽다는 듯 말을 했다.

아바칸을 잡으러 간다는 것은 사지로 간다는 뜻이었다.

"로벨리아에서 원거리 딜러인 조준호, 쉴더인 저, 마법사 이하루. 이렇게가 지금 모인 팀……."

"그때, 아바칸을 잡을 때 우리 둘이었어. 어떻게 할 수 없었잖아. 조준호라는 그 사람이 합류한다 해도 어려워.

그리고 유한정이라는 사람도 있지 않나?"

"추가 지원은 있습니다. 그 유한정이라는 사람이 성기사단을 데리고 움직일 겁니다. 다른 세계에서 왔다는……."

말이 뭔가 이상했다.

다른 세계라니, 말이다.

그렇지만 게임화가 되고 몬스터도 나오는데 다른 세계에서 왔다는 것쯤이야 놀라울 것 없었다.

"그런데 유한정 씨는 어떻게 아시는……."

"예전에, 한 번 만났었어. 그것보다, 성기사단이라니?"

"일단 뱀파이어 정도는 상대할 수 있는 실력자 15명이 모인 그룹입니다. 오우거를 상대해봤다는 사람도 있고, 방어막을 조금이라도 누그러트릴 수 있는 성수 아이템이 있습니다."

성기사단이라는 그룹까지 합하면 정부의 말대로 폭딜을 할 수 있다.

앞에서 방어를 해주면 방어막을 깎는 작업은 혼자 마법을 난사해도 되는 것이다.

아바칸을 상대로 버틸 사람들이 필요했다.

"그걸로는 안 된다는 것을 알고 있지? 폭탄이나 총도 통하지 않는 게 몬스터고, 아바칸의 공격력은 너무 강해."

"저도 안 될 거라고 생각해요. 우리 주인님… 죽을 뻔했다고요."

채령도 옆에서 거들었다.

싱크홀 내부로 빠지고 아바칸의 주먹에 맞았을 때, 블링크도 써보지 못하고 바닥에 박혀버렸다면 이미 이 세상 사람이 아니었을 것이다.

"일단 전화만이라도 계속 받아주세요. 아바칸이 잡히면 사례는 꼭 한다고 합니다."

정부에선 무엇을 걸고서라도 아바칸을 잡으려 할 것이다.

계속해서 이렇게 지반이 뒤틀리고 도시들이 파괴되고 사망자들이 나온다면 더 많은 피해가 생긴다.

지금도 어디서부터 문제를 해결할지는 회의조차 하지 못한다.

"…더 필요해. 아바칸을 잡아 놓을 수 있는 능력자들이."

툭— 투욱—

갑자기 무언가 끊기는 듯한 느낌이 났다.

하루의 온몸에 털이 솟아올랐다.

이 느낌은 게소 사라나를 잡은 자가 나타날 때, 생기는 증상이었다.

'설마… 여기에?'

채령도 똑같은 모습이었다.

몸은 경직되지만 눈은 이리저리 옆으로 왔다 갔다 하며 무엇인가를 찾는 듯한 모습이었다.

"이하루, 마법사—"

바로 눈앞에 한 남성이 나타났다.

투블럭 머리에 단정하게 옷을 입은 샤프한 남성, 하루가 목소리를 낼 수는 없었다.

잠시 멍하니 지켜보더니 다시 입을 열었다.

"내 스킬이… 잘 안 먹는군. 옆에 아가씨도. 내 이름은 이재영, 이렇게 시간을 조절할 수도 있지. 이 방만 잠시 멈추는 거지만… 아바칸 그 녀석을 같이 죽이고 싶다."

이재영은 베란다, 창문 쪽으로 갔다.

그리고 빨간불이 들어와 있는 몰래카메라의 버튼을 눌렀다.

하루와 채령의 몸이 움직이면서 베란다 쪽으로 고개를 틀었다.

오준영은 둘의 시선을 보고 고개를 돌리고는 깜짝 놀랐다.

"누, 누구……!"

오준영은 즉시 장비를 착용했다.

어떤 위협이 있을지 몰랐기에 평소 습관이 나온 것이다.

하루는 자리에서 일어났다.

이재영도 다시 고개를 돌려서 하루의 얼굴을 쳐다봤다.

"게소 사라나, 게소 사라나를 처치한 사람."

"…맞다. 아바칸의 몸도 어느 정도 시간은 묶어둘 수 있지. 처리를 하고 나서는… 싱크홀도 탐색할 예정이고."

"당신도 혼자서는 상대하지 못하는 거지?"

"방금 들은 정보는 정말 유용하다. 아바칸을 처리할 수 있어. 방어막이 얼마나 있는지가 문제지. 그것을 해결하기 위해 힘이 필요하다."

이재영의 눈에는 복수심이 가득했다.

그래서인지 더욱 날카로워 보였다.

싱크홀 탐색은 시신이라도 거두기 위해서다.

자신이 사랑하는 나서경이 살아 있다고는 생각하지 않았지만 옆에 백골로 만들어서라도 지키고 싶었다.

그녀는 항상 유언처럼 말하고 다녔다.

만약 자신이 죽는다면 몬스터들의 손길이 닿지 않는 곳에만 묻어달라고 말이다.

유령형 몬스터로 등장을 한다면 잘 보살펴 달라고도 말을 했다.

이 유언을 지키기 위해서라도 시신을 찾아야 했다.

"당신 뭡니까? 게소 사라나를 처치한 건 또 뭐고요. 게소 사라나는 형이……."

"아니야. 이 사람이 정말 처치한 사람이야. 그리고 지금 내가 아는 사람 중에 제일 강하다고 생각하는 사람."

"주인님과 당신 그리고 저 사람, 성기사단… 조준호. 어쩌면 가능할지도……."

서로의 눈을 쳐다봤다.

이재영의 시간 정지는 아바칸을 묶어 둘 수 있다.

거기다가 하루의 마법으로 폭딜을 넣으면 나머지 사람들도 딜을 넣고 버티기만 해준다면… 가능성 있다.

혹시 시간 정지가 풀린다면 거대한 하루의 마나 뎃으로 아바칸을 잠시나마 묶을 수도 있다.

"거기, 지금이라도 다 부르면 좋겠네. 현재 아바칸 위치 정보도 알려주면 좋고."

에벰은 심각한 고민에 빠졌다.

드디어 지구에서 싱크홀을 만들어내는 녀석을 만나게 되었다.

많은 인간들이 학살을 당하고 있었다.

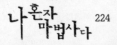

인간들을 섭취하면 상위권 먹이사슬에서 최상위권 정도로 올라간다.

건물을 아예 가루처럼 만들어내면서 돌아다니는 모습에, 당장이라도 메르헨의 뭔가를 데리고 와서라도 잡고는 싶었지만 그것도 안 된다.

"어떻게 해야 하나… 이대로 둔다면 개채수가 많이 줄어들 텐데 말이야. 안 그래도 적어지고 있는데."

한국 인구는 4천 9백만 명, 현재 세계 26위였지만 그 수가 현저히 줄어들고 있다.

디지털화되면서 많은 수의 가정이 아이를 가지지 않으려 했기 때문이다.

지금 에벰은 그런 점을 감안하고, 그리고 파괴되는 생태계를 원래대로 복구시켜버릴까 하는 생각을 하고 있었다.

도시화, 주거 환경을 위해 자연을 없앴다.

최근 그 중요성을 알고서 자연을 보호하려는 모습이 보였지만 어디까지나 한계는 있다.

"라헤르, 거기 있나."

"항상 기다리고 있지. 메르헨 상태가 많이 양호해지긴 했어."

"저건 어찌하면 좋겠나. 숨어서 힘을 키웠어… 힘이 닿지 않는 지하에서."

"자네는 자연을 보고 싶다고 했지. 메르헨의 자연을 탐내서 지금도 그런 생각을 가지고 있는 게 아닌가."

메르헨의 자연 상태는 지구와 비교해서 너무나 좋다.

공기도 좋다.

처음엔 지구도 그와 다를 바가 없는데 인간들의 진화가 시작되고 여러 가지 문명과 역사를 지니게 되며 변해갔다.

"내가 옳은 선택을 하는 것이지. 조금만 더 두고 보지. 그때, 그자도 움직이니……."

싱크홀이 수십 개 뚫려 있는 지역, 세 명의 남자가 옷을 잘 빼입고 갈라진 돌덩이들을 밟았다.

이국적인 외모가 눈을 사로잡았지만 그들을 볼 수 있는 살아 있는 사람은 없었다.

몇 몇이 시신들을 수거하기 위해서 돌아다녔지만 세 남자에게 줄 시선도 없었다.

전부 우울한 표정으로 시체같이 움직일 뿐이었다.

"어떻게 이런 일이 일어날 수 있는 거죠. 한국도 이제 망해가는 건가요. 미국처럼……."

"이하루도 막지 못했다. 무척 강한 몬스터다."

"그치, 무척 강하다. 어서 이하루를 만나야 한다."

그들의 정체는 하루를 만나기 위해서 미국에서부터 위험한 하늘을 날아서 도착한 서스러, 파르데와 파라데였다.

중형 몬스터를 처치하는 데 많은 시간을 허비했다.

빨리 그 지역을 떠나고 싶었지만 자신들의 도움의 손길을 필요로 하는 사람이 너무나 많았다.

많은 몬스터들을 상대하고, 이런 업적으로 조금 더 하루에게 어필을 하려 했다.

떠나려 할 때 무척이나 아쉬운 눈빛을 보내는 사람들이었지만 이제는 과감히 뿌리치고 나왔다.

나오기 전에 목사님에게 고급 정장 한 벌씩을 선물 받았다.

선글라스는 덤으로 말이다.

"곧장 여기로 가면 된다 했나."

"지형이 바뀌었으니… 가다 보면 사람들이 나오니 물어보면 될 것 같습니다."

서스러가 지도를 펼치며 바라봤다.

많은 것이 바뀌어 있었지만 현재 위치가 어디인지는 정확히 인지를 하고 있었다.

두 번 길을 잃어서 이번엔 다른 곳으로 가면 안 된다.

미국도 지금 시간이 별로 없다.

미국의 영웅들이라고 할 수 있는 셋이 없다면 조국이 무척 힘든 상황이 된다.

"어서 가죠."

"그치, 속도를 내자."

파라데가 손으로 인법을 맺으며 전방으로 내달렸다.

이렇게 셋이 움직이는 도중, 정부도 움직이고 있었다.

오준영에게 말을 전해들은 최현길은 즉시 사람들의 안정을 위해 언론으로 보도를 하고, 로벨리아에 연락을 했다.

또한 아바칸을 잡기 위해 지원자를 뽑는다고 공고를 했다.

수는 많을수록 좋으니 말이다.

검은 막 즉, 방어막을 깎는 것은 알고 있었기에 이미 예전에 약간 흘려 놓긴 했다.

'팀이라… 이렇게 모아두니까 왠지, 든든하긴 한데.'

"이제 아바칸을 잡으러 가는 건가요?"

흥분이 많이 되는 오준영이 먼저 말을 꺼냈다.

하루의 집 앞, 이곳엔 현재 모두가 모여 있었다.

아바칸의 처리가 중요시되는 만큼 사람들의 시선도 몰렸다.

마법사 이하루, 쉴더 오준영, 시간 능력자(?) 이재영, 궁수 조준호, 유한정을 포함한 성기사단, 가으하네까

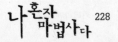

지… 약 20명 정도 되는 사람들이 있으니 안정이 되는 느낌이었다.

정부 말에 따르면 시선을 끌기 위해 전투기를 5기 정도 띄울 예정이라고 오준영을 통해 말을 했다.

"자기소개는 필요 없을 것 같군. 보아하니 다 알고 있는 것 같고… 나에 대해서는 알 필요 없고."

"그래도 그쪽은 우리가 모르니 소개를 하는 게 예의 아닌가?"

"…어쌔신이라고 알아둬도 되고. 자— 전부 잘 들어요. 저기 쉴 더는 아바칸을 상대로 버틴다. 어그로를 가져가야 하고, 나머지는 부족한 딜을 채우면 됩니다. 이하루 씨, 마법은… 얼마나 쓸 수 있죠?"

"거의… 무한대…….."

"잠깐, 이게 그렇게 간단하지는 않을 텐데요?"

가만히 듣던 유한정이 인상을 쓰면서 이재영의 곁으로 한 발짝 다가갔다.

한 마디로 딜을 자신과 하루가 다 넣을 테니 나머지는 따까리나 하라는 소리였다.

"그럼 더 좋은 방법이 있나? 그쪽이 아바칸의 발밑에서 딜이라도 넣으려고 그러는 건가?"

"…그건 아니지만, 더 생각을 해봐야지 않겠습니까."

"지금 그 생각이라는 것을 할 시간에 몇 명이나 죽어가고 있을까. 응?"

나름 공격적으로 얼굴을 들이대며 묻는 이재영의 모습에 아무도 말을 하진 못했다.

하루도 별다른 방법은 없다고 생각했기에 가만히 있었다.

역시 방송 계통에 있는 사람은 전부 이야기를 이끌어 나가는 뭔가가 있는 듯, 이재영이 주도권을 잡으니 나머지는 그냥 경청할 뿐이었다.

"쉴더, 아바칸의 위치는 어디에 있지?"

"얼마 떨어져 있지 않습니다. 헬기로 이동을 한다면 10분 안에 도착합니다. 위치는 도봉산입니다."

"전라도에 있다던 놈이… 다시 왜 여기로……?"

"그건 자세히 모르겠습니다. 현재 도봉산 절벽 틈 사이에서 잠을 자는 중이라고 연락을 받았습니다."

이재영은 고개를 끄덕였다.

아무래도 지금이 제일 좋을 때라고 생각하고 있겠지, 유한정도 뭔 생각을 하는지 읽었는지 제킬에게 이제 곧 아바칸을 잡으러 갈 것이라고 얘기를 전했다.

그리고 성수도 잘 챙겼는지 다시 한 번 확인을 했다.

이미 준비가 잘되어 있는 것을 확인한 유한정은 가으하네를 쳐다봤다.

'검은 갑옷의 검사… 이번 일이 끝나면 꼭…….'

전투 혹은 가르침을 받고 싶다는 욕망이 굴뚝처럼 들었다.

지금 눈앞에 있음에도 다가가지 못하는 것이 한탄스러울 뿐이었다.

원하는 것을 이루기 위해서는 일단 아바칸을 사로잡아야 한다.

유한정은 가으하네에게 둔 눈을 걷었다.

"헬기는 이 건물 뒤쪽에 대기 중입니다."

"다른 참가자들은 없나."

"네… 아니, 있었지만 나중에 논란이 될 것 같아서 거절했습니다."

다들 고개를 갸우뚱거렸다.

함께 부족한 딜을 넣어줄 사람이 있다면 무조건적으로 받아들여야 할 상황인데 거절이라니, 그럴 만한 이유가 있을 것이라고 생각하며 오준영의 다음 말을 기다렸다.

"턴에이. 턴에이에서 잡은 능력자들만이 아바칸 레이드에 참가하겠다는 의사를 보였습니다."

모두 '아―' 하고 짧게 탄성을 질렀다.

∀라면 거절했다는 이유를 확실히 알 수 있었다.

∀는 범죄자 집단이다.

능력자들 중에서 나쁜 짓을 하지 않은 사람들은 없었다.

그들을 감옥에서 풀어주고 아바칸 레이드를 시킨 후, 일반 국민들이 알게 된다면 분명 무슨 말이라도 크게 나올 것이다.

또한 그자들은 뭔가 요구를 할 것이 분명했다.

결국 지금 한국에서 레이드가 가능한 전력은 여기 있는 사람이 다였다.

"출발하죠."

투두두두두—

헬기 소리가 요란하게 퍼졌다.

도봉산 상공에 금방 도착한 '팀'은 숨죽이고 있는 모습이다.

혹시나 아바칸이 먼저 깨버릴까봐 조심하는 모습인데 어차피 헬기 소리가 더 컸다.

도봉산도 원래 본연의 모습을 유지하고 있지는 않았다.

여기저기 부서지고 무너져서 아름다운 절경은 보이지 않았다.

헤드셋으로 이재영의 목소리가 먼저 들려왔다.

"이제 하강합니다. 이 정도 높이는 모두 뛰어내릴 수 있겠지요."

그 말에 대답하는 사람은 없었다.

이재영도 긍정의 표시라고 생각했는지 카운트를 세며

오준영을 쳐다봤다.

"5…4… 3…2…1!"

쳐다본 이유는 탱커가 먼저 내려가서 자리를 잡고 어그로를 끌어야 하기 때문이다.

눈빛을 이해하고는 3 정도 셋을 때, 먼저 열려 있는 문 밖으로 뛰어내렸다.

절벽 사이로 거대한 바위를 베개 삼아 누워서 자고 있는 아바칸이 보였다.

헬기 소리를 듣지 못할 만큼 깊이 잠들었는지 편안한 숨소리가 오준영의 귀까지 들려왔다.

뛰어내린 오준영은 우선 나름 평탄하다는 곳에 자리를 잡았다.

방어를 위해선 이게 좋다.

탱커의 목숨줄인 도발 스킬도 있다.

이제 나머지 딜러들이 자리를 잡아야 했다.

"쉴더, 어그로!"

헬기가 아바칸의 주변을 원형으로 돌면서 각 딜러들을 떨궜다.

하루는 아직 플라이 상태로 아바칸의 공격이 시작되면 안전한 곳으로 이동 후에 편히 딜을 넣을 심산이었다.

다들 원활한 의사소통을 위해 귀에는 인이어를 꽂고 있었다.

"알겠습니다!"

일단 전부 퍼져서 딜을 넣을 준비를 했다.

자고 있는데 먼저 공격부터 시작하면 되지 않겠냐고 생각할 수도 있었지만 그건 잘못된 생각이다.

딜 먼저 넣으면 어그로가 어디부터 튈지 모른다.

다른 사람이 순식간에 당할 가능성이 엄청 높다는 뜻이었다.

반면에 탱커가 어그로를 먼저 먹고 싸움이 시작되면 안전하게 딜을 넣을 수가 있었다.

아바칸에게 그게 통할지 의문이었지만 저번 싸움에서 아바칸은 깨지지도 않는 오준영의 그레이트 쉴드를 계속해서 깨부숴 갔다.

만약 어그로가 자신에게 튀지 않으면 어떻게 하냐고 오준영이 이재영에게 물었다.

"내가 묶어둘 수 있다. 많은 시간은 아니지만 무방비하게 아바칸의 방어막을 반 정도는 깎을 수 있을 거라 생각한다."

"그럼 아예 처음부터……."

"도망갈 수도 있고… 처음부터는 능력을 못 쓰니까."

이재영은 오준영의 탱커 능력으로 상대를 하다가 위험하다 싶으면 자신의 능력을 써서 아바칸을 묶어놓을 심산이었다.

일단 작전은 여기까지, 나머지는 이하루를 믿었고 좋은 정보들 중 하나인 '성수'라는 아이템을 믿었다.

'빨리 죽여서… 죽여서… 서경이를……!'

사실 이재영의 심리 상태는 이성적인 판단을 잘하지 못한다.

지금 진행되는 이 싸움은 허점투성이였지만 더 좋은 생각도 없었다.

"소나무의 그늘!"

오준영이 자고 있는 아바칸에게 도발 스킬을 사용했다.

그러자 고르게 퍼지던 아바칸의 숨소리가 멈췄다.

절벽이 흔들리고 산이 흔들리며 아바칸이 하품하듯 일어서는 모습이 보였다.

"이— 벌레들이— 내 잠을 방해하다니!"

잠을 자던 사자의 코털을 건들인 격과 다를 바가 없었다.

바로 공격을 할 줄 알았는데 아바칸은 주변을 둘러봤다.

"쿵— 쿵… 익숙한 냄새다— 메르헨……."

"단장님, 저거 우리를 말하는 것 같은데요."

"뢰으, 성수 준비해 두도록."

긴장감이 서늘하게 맴돌았다.

아바칸이 고개를 투두둑 투두둑 꺾더니 그레이트 쉴드를 펼친 채 기다리는 오준영을 향해 주먹을 말아 쥐었다.

'지금이다!'

"딜!!"

이재영이 아닌 하루가 소리를 지르면서 손을 휘둘렀다.

무차별적인 바람 폭풍, 그리고 간간이 파이어―버스터도 섞었다.

조준호는 아바칸에게서 조금 멀리 떨어진 곳에 있었다.

헬기에서 내리자마자 뛰기 시작한 것이다.

몸이 약한 원딜은 무조건 조심해야 한다.

자칫 어떤 공격이라도 잘못 스치기라도 한다면 바로 저승 행이었다.

더군다나 아바칸은 최강 공격력을 자랑하는 만큼 더 신중함을 기해야 했다.

약할 것 같은 곳을 재빨리 탐색에 들어갔다.

호크를 불러서 활시위를 당겼다.

최고의 스킬인 천령시는 최후까지 아껴둘 생각으로 방어막이 있지만 대체로 약할 것 같은 곳들로 재빨리 화살을 날려댔다.

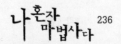

"조심해야겠군. 또 갑옷이 망가지지 않으려면 말이야."

"나중에 저랑 대련 한 번 하죠, 기사 님."

가으하네와 유한정은 아바칸의 양옆에 가깝다고 한다면 가까운 거리에 붙어 있었다.

하체를 중심으로 공격할 예정이었다.

사람이든 동물이든 중요한 곳은 언제나 하체였다.

중심이 흐트러지면 결국 모든 것이 흐트러지는 법이니 말이다.

"대련은 좋은 것이지. 어둠을 몰아내는 것이 성기사단의 할 일이지만 그대는… 메르헨의 동지를 여기서 만나는 것 같은 기분이군."

제킬이 성기사 단장으로 있는 성기사단은 방어진을 구축했다.

모두 검을 쓰는 자들이어서 가으하네는 오랜만에 기분 좋은 듯 어둠의 기운들을 잔뜩 끌어올렸다.

"나도 수리 받은 몸의 성능을 확인해야 되니, 좋겠군."

간단히 고개를 끄덕인 가으하네를 끝으로 전투가 시작되었다.

아바칸은 자신의 몸에 비해 절벽이 작아서인지 움직임이 약간 둔화된 것처럼 보였다.

그러나 그것도 잠깐, 오준영의 그레이트 쉴드를 때리면서 움직임이 점점 나아져갔다.

"방어막이 깎이고 있는 건 맞아?"

하루가 마법들을 날리면서 의아해했다.

벌써 마나가 많이 닳았다.

소모하는 마나에 비해서 갑옷 옵션들로 인한 회복이 조금 더딘 것이다.

하루의 말에 이재영은 '뭔가 이상이 있구나'라는 생각을 했다.

약간 아바칸에게서 떨어진 곳에서 이재영은 지켜봤다.

셔츠에 있는 볼펜을 꾹 누른 채 기회를 기다리고 있는 것이다.

시시각각 변하는 전투 상황들을 체크했다.

"혹시 마나가 다 닳아가는 건가?"

"조금씩 마나 회복이 떨어지는 건 맞는데… 파이어―버스터!!"

이재영은 잘근 입술을 깨물었다.

생각대로 상황이 좋게 흘러가지는 않았다.

오준영은 그대로 잘 버텨주고 있었지만, 하루의 마법이 조금씩 느려지는 것도 괜찮았다.

문제는 단 하나, 아바칸이었다.

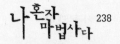

'일정하게 좀 움직여라… 무식한 놈!'

몸에 베어 있는 패턴이 잘 읽히지 않았다.

자신의 스킬은 몰래카메라인 볼펜으로 찍은 것과 미리 생각해 놓은 것이 같으면 자신의 생각대로 시간을 멈추거나 생명체에 대해서 직접적인 피해가 가지 않는 선에서 뭐든 가능했다.

아바칸의 시간만을 멈추려 했지만 예상이 어려운 아이들처럼 행동을 하고 있는 아바칸 때문에 한 끗 차이로 스킨 시전이 취소가 됐다.

"체력이… 얼마 남지 않았습니다!"

잠깐의 목소리와 함께 신음 소리가 들려왔다.

숨을 거칠게 내쉬는 것을 보니 무척 힘든 것 같았다.

오준영의 저 목소리는 이재영을 부르는 것이었다.

버틸 수 있다고 미리 말을 해두었으니 말이다.

그러나 준비는 아직이었다.

'힐러, 힐러가 없었어… 젠장.'

지금 생각해보니 제일 중요한 힐러가 이 팀에는 없었다.

어쩔 수 없이 힐러가 지금 너무 귀한 상태였다.

지금 생각해 봤자 달라질 것은 없었다.

"으아아아! 죽—어라—!"

아바칸이 주먹을 마구잡이로 흔들었다.

주변에 인간들이 보였다.

그들이 자신을 때리고 있는 건 알았는데 자신이 먼저 타깃으로 삼은 앞의 인간이 죽지를 않았다.

몇 번이나 때렸는데 죽지 않으니 짜증이 나는 것은 당연지사, 오준영은 경악스런 표정이 되었다.

"쉴더! 빠져!"

'내가 지금 빠지면……!'

지금까지 잘 싸웠다.

딜도 안정적으로 넣고 있고 어그로도 잘 끌어서 자기 자신만 때린다.

그런데 여기서 빠지게 된다면 분명 아바칸은 다른 곳으로 눈을 돌리게 될 것이고, 다치거나 희생자가 나올 확률이 컸다.

오준영은 아바칸의 공격으로 인해 찌그러진 방패를 집어 던졌다.

아바칸이 더 이상 그레이트 쉴드가 생기지 않아 슬쩍 웃는 모습이 보였지만 오준영도 웃음으로 보답을 했다.

"뭐하는 짓이야 쉴더, 오준영!!"

"괜찮습니다. 불굴의 신체―"

붉은빛이 감돌았다.

오준영은 방패 없이 갑옷만 입고서 아바칸의 주먹만을

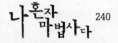
나 혼자 마법사다 240

응시했다.

몸 전체를 강타하는 공격!

힘없이 날아갈 것 같던 오준영의 몸에선 '끄—앙—!' 하고 커다란 소리만 들리고 오준영은 건재했다.

"시간 없습니다. 계속은 못 버티니깐 그동안 어떻게든 해요!"

모두 행동을 멈추고 자신을 쳐다보자 오준영은 급히 말을 했다.

방패는 어디까지나 도구였다.

더욱 강한 것은 자신의 신체, 숨기고 있던 실력을 내보인 것이다.

불굴의 신체는 사실상 무적 상태라고 봐도 되었다.

지속 시간은 3분, 그리 길지 않았다.

다만 3분이 지나면 전체 방어력의 1/3이 하락하게 된다.

"제킬, 성수를 지금 정도면!"

"알았다. 전체 성수를 준비하라!"

유한정이 짧은 호흡으로 말을 했다.

더 이상 시간을 끌면 안 된다고 판단을 한 것이다.

성기사단은 품속에서 색깔이 없는 투명한 액체(물로 보이기도 하는), 성수가 담긴 병을 꺼냈다.

"다리를 집중 공격하면 된다. 중심을 공격하라!"

아바칸의 다리로 성수를 던졌다.

병이 깨지면서 아바칸의 다리에 성수가 촥― 묻었다.

그러자 치이이― 하며 뭔가 타는 듯한 소리가 들려왔다.

"크아악! 크악!"

"어, 어그로가……!!"

성수 때문인지 아바칸이 고통스러워하며 날뛰기 시작했다.

다리를 마구 구르며 성기사단을 포함해서 조용히 데미지를 강하게 쌓아가던 가으하네까지 쳐냈다.

하루와 이재영, 둘은 동시에 눈에 이채를 띠었다.

'성수가 통한다!'

"카메라― 컷!"

입을 쩍― 벌리고 괴성을 지르던 아바칸의 행동이 이재영의 셔츠 주머니에서 붉게 빛나던 빛이 사그라질 때쯤 딱 멈췄다.

"크윽……."

"단장님, 단장님…! 아바칸이……!"

성기사단 몇몇이 다쳐서 고통에 시달릴 때 멈춘 아바칸의 모습을 모두가 발견했다.

"다들 뭐해! 다리 집중 공격!!"

이재영이 양손에 일본식 단도, 카타나를 들고 달려오며

소리를 질렀다.

 하루를 포함해 모두가 엄청난 스킬이라고 생각하며, 이재영과 같이 아바칸의 다리를 집중으로 공격하기 시작했다.

 이재영의 스킬에 당한 상대는 100%의 치명타 피해를 입게 된다.

 게소 사라나도 이러한 방법으로 잡게 된 것이었다.

 모두의 공격이 퍼부어지기 시작했다.

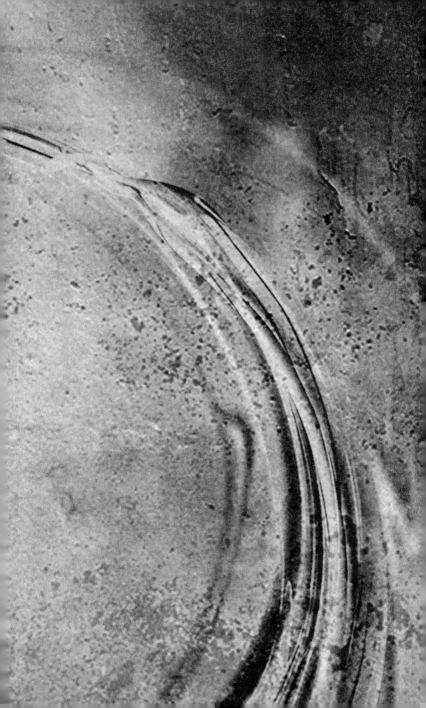

신을 만나다

몇 분이 지난 것인가?

공격이 지속되고 아바칸의 다리에 박히는 공격들이 점점 그 소리를 달리 내고 있었다.

특히, 안전하게 공격을 박아대는 하루의 폭딜이 엄청난 효과를 보이고 있었다.

성기사단도 아바칸이 움직이지 않자 신나게 그동안의 분풀이를 하듯 검을 움직였다.

"이제 스킬 풀린다. 설더! 준비는?"

"됐습니다. 언제든 됩니다."

아직 죽지는 않았다.

그렇지만 아바칸의 다리가 움푹움푹 파여 있었기에 더 원활한 공격을 할 수 있을 것이다.

무엇보다 이재영의 치명타 100% 증가가 사기적이었다.

오준영은 신체를 강화하는 스킬을 사용했다.

불굴의 신체 스킬로 인해 방어력이 조금 감소됐지만 부족한 방어력을 채울 수는 있었다.

무적은 아니지만 상대방의 공격력을 반 정도는 감소시켜서 받아들이는 스킬이었다.

"이제 방어력은 없는 거겠지?"

"이하루 씨, 아바칸이 움직이기 시작하면 아마 날뛸 겁니다. 적당히 날아서 계속 딜 넣으세요."

"알겠습니다."

몸이 약한 이재영은 이제 딜을 넣을 수 없다.

그런데 가장 강한 이하루 마저 딜을 넣지 못하게 된다면 변수가 생기게 된다.

그것만은 피해야 했기에 이재영이 신경을 쓰는 것이다.

유한정이 자신의 자리를(?) 왠지 빼긴 것 같아서 불편해했지만 아바칸이 빨리 처리만 되면 되었다.

'정부와 더 밀접한 관계도 가질 수 있다. 그리고 검은 갑옷……'

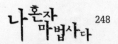

기분 좋은 상상을 하며 유한정은 성기사단과 함께 아바칸에게서 떨어져 대기했다.

잠시 후, 이재영이 완전히 아바칸과 거리를 많이 벌리고 난 뒤 아바칸이 조금씩 움직이기 시작했다.

"뭐, 뭔 짓을― 뭔 짓을……!!"

아바칸의 다리는 힘없이 무너져 갔다.

비틀거리다가 엎어지기 시작한 것이다.

혹시나 깔릴까, 가까이 있던 오준영이 재빨리 물러섰다.

엎어지면서 손을 바닥에 짚었다.

다리는 완전히 못 쓸 것 같은 모습이었다.

그 모습에 하루는 웃음을 지었다.

"빨리 좀 죽어라. 아이스 스톰, 블리자드!"

하루는 최대로 블리자드에 마나를 주입해서 시전을 하고, 남은 마나들로 마법을 난사해댔다.

아바칸은 비명을 지르며 팔을 휘둘렀다.

다리는 질질 끌려 다니기만 할 뿐, 재생이 되거나 그러진 않았다.

"큭―!"

다만 아바칸의 공격력이 더 상향되었다.

직접 공격을 받고 있는 오준영이 체감을 했다.

"쉴더, 이제 빠져도 됩니다. 나머지는 무빙하면서 딜해

주세요."

"알겠습니다. 어그로도 이제 잘 먹지 않습니다."

이재영이 빠지라고 말을 했다.

제대로 아바칸이 움직일 수 없을 상황이기 때문에 이 정도 실력의 사람들 능력이라면 공격을 피하는 것은 식은 죽 먹기라 판단을 했다.

아바칸도 이제 끝물이라서 어그로 따윈 상관이 없어졌다.

손에 잡히는 것은 무엇이든 던지고 공격을 행했다.

"내가— 내가—!! 마법사가 왜, 왜 살아 있는 건데!"

으득, 아바칸이 이를 갈았다.

더 이상 자신의 행동이 의미 없다는 것을 깨달은 것이다.

하루는 아바칸의 말이 무슨 뜻인지 이해가 가지 않았다.

처음 만났을 때, 싱크홀에서의 얘기를 하는 것일까.

하루는 신경이 쓰였지만 아바칸의 처리가 우선이었다.

"멸종된 마법사가—! 너도— 어둠이 삼키러 올 것이다—!"

"무슨 말이야? 아바칸!!"

쿠우우우—

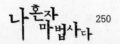

차가운 소리와 함께 그늘이 생기기 시작했다.

하루가 아바칸의 말을 듣고 아바칸을 불렀지만 블리자드, 얼음 덩어리들이 마구잡이로 아바칸의 몸을 강타하며 구멍을 내버렸다.

다들 털썩 주저앉아 버렸다.

긴장감이 풀린 것이다.

하루는 아바칸의 흉부로 가서 아바칸의 얼굴을 바라봤다.

'멸종돼? 어둠이 삼켜……?'

이 몬스터도 메르헨이라는 곳에서 온 생명체다.

마법사 즉, 자신에 대해서 알고 있다는 것인데… '메르헨이라는 곳에선 마법사가 멸종이 되었다'라고밖에 생각을 하지 못한다.

"서경… 서경아……."

"뭐하는 겁니까?"

뒤를 돌아보니 이재영이 배에 와 있었다.

카타나를 들고 아바칸의 배를 가르는 모습이 보이고 볼에서 눈물이 흐르고 있었다.

분명 무슨 일이 있는 거겠지, 하루는 생각하며 이마에 흐르는 땀을 닦으며 아바칸의 위에 앉았다.

오준영은 인벤토리에서 핸드폰을 꺼내들었다.

아마 제일 고생한 것은 오준영일 것이다.

오준영은 최현길에게 전화를 걸었다.

"처리…했습니다."

"확인했습니다. 수고하셨습니다!"

반대편에서 기뻐하는 환호성들이 들려왔다.

한동안 괴롭히던 암덩어리가 처리되었다니, 이건 전 국민의 축제감이겠지만 유가족들이 존재했고 원시시대로 돌아간 땅, 지역도 있을 것이다.

"이하루 씨, 드디어 만났습니다. 이건… 잡은 겁니까?"

"만나기 위해 오랜 시간이 거렸다."

"그치, 오래 됐다. 이 몬스터를 잡다니, 역시 이하루 대단하다."

빠른 영어를 구사하며 하루를 부르는 이들이 있었다.

바로 서스러와 파르데, 파라데였다.

머리카락이 많이 헝클어져 있는 것으로 봐서 최대한 속도를 내서 달려온 것으로 보였다.

하루는 멍하니 바라보더니 '아!' 하고 알아봤다.

"나, 나는… 이햐루 씨 피료, 필여해여."

"그새 한국어도 배운 겁니까? 와… 참 대단하네."

서스러가 어눌한 한국 발음으로 말을 했다.

하루가 잘 못 알아듣는 것 같아서 쉽게 포기를 하고 주변을 둘러봤다.

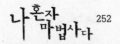

딱 봐도 치료를 받아야 할 사람이 한둘이 아니었다.

파르데, 파라데에게 눈짓을 하고는 성경을 들고 서스러가 오준영에게 우선 다가갔다.

'뭐지?' 하는 반응이었지만 이내 서스러가 외운 주문에 체력이 회복되는 것을 느끼고 고맙다고 미소를 지어줬다.

"여보세요, 최현길 의원님?"

서스러가 나머지 팀을 치료하고 다니는 동안 하루는 핸드폰을 꺼내서 전화를 걸었다.

목적은 앞에서 대기하고 있는 이 외국인들과 대화를 하기 위해서다.

전에는 기절을 해버리는 바람에 대화를 하지도 못했다.

─무슨 말인지 알겠습니다. 정부 쪽에서 통역사를 파견해드리겠습니다. 일단 지금 아바칸의 시체는 저희가 수거해 가겠습니다. 타고 이동할 헬기도 같이 보냈으니 타고 오시면 됩니다.

"흠… 알겠습니다."

고개를 돌려서 이재영을 쳐다봤다.

배를 가르긴 했는데 역시 절망한 모습이다.

곧 이어서 헬기 소리가 멀리서부터 들려오기 시작했다.

한국 정부 언론에서, 아바칸이 처리되었다는 소식이 전해졌다.

처음 나온 대형 몬스터… 모두들 좋아하는 모습이지만 소리 없는 환호성만 지를 뿐이었다.

이재영과 함께 잠시 싱크홀 내부 조사를 위해 가봤지만 아주 깊은 그냥 구멍일 뿐이었다.

올라가고 내려가는 데 고생을 좀 했다.

이재영은 확인을 하고는 소리 없이 어디론가 훌쩍 사라져 버렸다.

나서경 기자의 시신은 어디에도 없었던 것이다.

대대적으로 희생자에 대한 애도의 물결이 이어지고, 정부도 이제 나라를 제대로 돌리기 위한 작업에 들어갔다.

"그럼 제가 미국에 지금 가야 하는 것입니까?"

"저희는 빠를수록 좋습니다. 미국에도 아바칸과 비슷한 몬스터가 존재합니다. 이번에 참가했던 팀 전원이 같이 가준다면 특별 사례를 할 것입니다. 분명 여러분이라면 할 수 있습니다. 저희도 있고요."

하루는 통역사를 대동하고 청와대 게스트 룸에서 서스

러, 파르데, 파라데와 함께 얘기를 나누고 있었다.

한국에서 다른 나라로 비행기를 타고 이동을 한다.

이것은 매우 중요한 사항이었기 때문에 이야기를 듣는 즉시 하루는 최현길과 같이 들었다.

"일단 지금 나라 상황이 좋지 않습니다. 이하루 씨가 외국으로 빠져나가는 것은 보류해야 합니다. 나가서 못 들어오게 되는 경우의 수가 생길 수도 있고요."

최현길이 염려하는 것은 이하루가 돌아오지 못하게 되는 것이다.

이하루 정도의 능력자… 아니, 유일하게 마법을 쓸 수 있는 사람이 자신의 조국에 들어오게 됐는데 쉽게 보내 줄 나라가 아니었다.

무슨 수를 써서든 미국에 체류하게 할 것이다.

"비행기가 못 뜨는 건가요?"

"네, 일단 그런 문제도 있고. 이하루 씨에 대한 보호의 목적도 있습니다. 그건 나중에 말씀드리죠. 서스러, 파르데, 파라데 님은 저희 정부 쪽에서 지낼 곳을 제공해드리겠습니다."

"저희는 우리나라에 가야 합니다. 미국, 저희를 기다립니다. 벌써 너무 늦어졌어요."

파라데가 고개를 흔들며 울상을 지었다.

정부 차원에서 비행기를 뜨지 못하게 막는 것도 문제가

있었다.

세 명이 나가기가 힘들어진 것이다.

미국에서 정부로 연락은 오지 않았지만, 이 세 사람을 신경 쓰지 못할 정도로 나쁜 상황이긴 할 것이다.

아무리 선진국이라도 몬스터를 피할 순 없는 것이다.

"크흐…음… 결국 이렇게 되는 건가요…….."

"조국으로 돌아가고 싶다…….."

"그치, 나도 그렇다."

세 명은 서로 한 마디씩 하며 신음을 흘렸다.

지금 무슨 말을 하는지 알 것 같았다.

하루는 이야기가 이 정도로 끝난 것 같아서 일어섰다.

"전 그만 가보겠습니다, 가으하네."

기다리던 가으하네를 데리고 문을 열고 밖으로 나섰다.

최현길은 가기 전에 이번 아바칸에 대한 사례는 좀 나라가 안정되면 제대로 사례를 해준다고 말을 했다.

하루도 그냥 고개를 끄덕였다.

지금 당장 뭘 많이 뜯어낼 생각은 없었다.

하루도 나라 상황이라는 것을 알기에 이해하는 것이다.

"우리 마을이 공격당하지 않은 게 참 다행이네."

"채령과 말랑이가 다른 몬스터들에게서는 잘 지키고

있을 것 같다.”

얼마 자리를 비운 건 아니지만 혹시나 싶어서 아바칸이 날뛰어서 마을로 들어오는 몬스터들의 처리를 채령과 말랑이에게 맡겼다.

겸사겸사 유정의 집도 잘 지키게 하고 말이다.

하루는 가자마자 유정을 만날 생각이었다.

그 어느 때보다 보고 싶고, 만나서 꽁냥 꽁냥(?)이라는 것도 좀 해보고 싶었다.

“어디야, 유정아?”

“하루야! 하루, 괜찮아? 다친 데는 없고?”

“나 완전 괜찮거든. 애들도 다 무사하지? 별 탈 없게끔 여기는 내가 보호하라고 했지~”

“그게… 아니다. 일단 만나서 얘기할까? 안 피곤해?”

유정의 말에 뭔가 불길하면서도 지금 만나자고 먼저 얘기를 해주니 기분 좋았다.

하루는 가으하네에게 먼저 집으로 들어가라 하고 곧바로 유정이 있는 곳으로 향했다.

유정은 미리 준비하고 있었던 것처럼 아름다운 모습이었다.

왜 이런 여자를 학교 다니는 내내 방치해 두었던 것일까… 약간 후회가 됐다.

하루는 유정을 데리고 운치 있는 강변 의자에 앉았다.

어두워서인지 분위기가 꽤 좋았다.

"보고 싶었어."

"그래, 내가 좀 보고 싶은 얼굴이긴 하지? 홋. 아바칸 잡았다는 소식은 들었어. 다들 칭찬하던데? 대단하다. 정말."

"나 칭찬 받은 거야? 학생 때는 약간 좀 문제아였는데."

하루는 웃으며 유정의 머리카락을 넘겼다.

자연스럽고 부드럽게 넘어가는 머리카락에 유정의 시원하고 늘씬한 목덜미가 눈에 들어왔다.

남자가 여자의 신체부위를 보고 반하는 곳은 대부분 두 곳이다.

마른 침을 넘어가게 하는 목선과 남자 여자 할 것 없이 아름다운 얼굴, 유정은 이 둘에 해당되니 하루는 남자로서의 본능이 살아날 수밖에 없었다.

동그란 유정의 눈을 마주치고 바로 입술을 살짝 적셨다.

점점 얼굴을 내밀면서 유정의 반응을 살폈다.

천천히 눈을 감는 모습에 하루는 유정의 입술에 입을 맞췄다.

"으음……."

거기에서 하루는 멈추지 않았다.

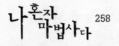

남자들의 교본이라는 야구 동영상(?)에서 잘 배운 대로 살짝 혀를 움직이기 시작했다.

당황했는지 유정이 움찔했지만 서로 엉키기 시작했다.

기분 좋은 느낌, 카타르시스가 해방되는 느낌이었다.

몇 분간 지속되다가 하루와 유정이 떨어졌다.

둘의 볼은 붉게 달아올랐고 하루는 유정을 끌어안고 머리를 쓰다듬었다.

에벰은 만족한 표정을 지었다.

지구 곳곳에 폐허가 된 지역들이 많이 생겼다.

아프리카 정글을 뛰어넘는 지역들이 생겼다.

그런 곳들에 에벰이 자신만의 권능으로 숲들을 만들어 갔다.

자연을 움직이는 것은 무척이나 어려운 작업이지만 이건 기회였다.

"정말이지… 잘해 놨네. 메르헨의 자연 상태와 비슷해지겠어. 아직은 아니지만."

이제 동화를 조금씩 해나가는 것이 좋다고 판단이 되었다.

힘을 합쳐서 그 강한 블랙 타입 오우거까지 처리했으니 말이다.

상대적으로 게소 사라나, 이 네크로맨서보다 더욱 상대하기 까다로운 몬스터였다.

물론 한국에 있는 실력자들이 대다수였지만 다른 나라들도 나름 실력자들과 은둔 고수가 존재하고 있었다.

특히 무술을 배우고, 익히고 있던 자들은 노력과 집념으로 인간의 수준을 벗어났다.

마법사인 이하루와 견줘 봐도 동등했으면 동등했지, 결코 떨어지지는 않았다.

"만나봐야겠지. 이제는……."

에벰은 무럭무럭 자라나고 있는 식물들을 바라보며 몸을 돌렸다.

1순위는 자신을 만나본 적 있는 이재영을 만나는 것이었다.

이 새벽에 이재영이 있는 곳은 무덤이었다.

나서경의 시체가 없는 무덤, 다른 사람들도 있었다.

모두 아바칸에게 당한 사람들의 가족들 혹은 연인들이었다.

얼마나 눈물을 흘렸는지 이젠 망할 곡소리에도 눈물이 흐르지 않았다.

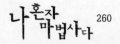

"이재영, 여기 있을 때가 아니지. 안 그러나."

"……."

"많이 보고 싶은가, 그 여인을."

"개자식… 개자식!! 너 때문이야, 신이라는 새끼가…
새끼가!!"

눈동자가 붉은색으로 변했다.

얼마나 눈에 힘을 줬으면… 핏줄기가 터질 것 같았다.

이재영은 에벰의 목소리가 비로소 잘 들리자, 단번에
신이라는 것을 눈치채고 허공에 대고 소리쳤다.

사람들이 허공에다 미친 소리를 짓거리는 이재영을
이상한 눈으로 쳐다봤지만 말리거나 하는 사람은 없었
다.

저런 행동을 하는 것을 이해하는 것이다.

"쯧쯔… 며칠째 있더니, 역시 머리가 어떻게……."

"불쌍해요. 너도 나도… 아이고, 경자야… 경자
야……."

"너, 막을 수 있으면서 서경이를 데려갔어. 어!? 내
놔!!"

이재영은 광분했다.

당장 눈앞에 에벰이 있다면 스킬을 쓴 후 죽여 버릴 각
오가 되어 있었다.

저번에는 모습을 드러냈었지만 이번엔 그런 꼴을 보기

싫어서 모습을 감추고 있는 것이기도 했다.

"살릴 수 있다면, 살릴 수만 있다면 뭐든 하겠나?"

자칫 악마의 속삭임으로도 들릴 수 있는 오해의 소지가 있는 말이었다.

에벰은 차원의 지배자, 신이다.

지옥이라는 영혼들이 갇혀 있는 곳에서 약간의 귀찮음을 감수하면 꺼내올 수 있다.

새로운 육체도 줄 수가 있다.

"뭐든, 그래 뭐든. 할 수 있지. 할 수 있다고! 그러니까……!"

에벰은 그 말에 웃으며 고개를 끄덕였다.

이재영을 만난 뒤, 다음으로 찾아간 곳은 가장 반응이 기대되는 이하루였다.

이제 아침이 다가오고 있었다.

하루는 달콤한 잠에 빠져 있었다.

품속에는 부드러운 살결을 지니고 있는 유정이 곤히 잠들어 있었다.

딥키스만으로는 끝나지 않은 둘은 유정의 자취방에서 잠을 청한 것이다.

하루는 눈을 뜨고 일어난 자신의 것을 안정시키기 위해 화장실로 향했다.

"아무리… 그래도, 눈곱은 떼야겠지."

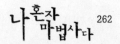

부스스한 머리와 약간 부은 듯한 얼굴이 신경 쓰였다.

세수를 하고 거울을 보는 순간, 뒤쪽에서 느껴지는 시선과 모습에 하루는 놀란 눈이 되었다.

그리고 갑옷을 소환.

마법까지 쓰려는 하루를 보고 에벰이 빨리 입을 열었다.

"많이 놀랐나 보군. 나는 이 세상을 담당하는 신이다."

"…그래서요."

에벰은 순간 자신이 잘못 들었나 했다.

보통 이럴 때는 '정말요? 정말!?', '신이 저를 왜…', '제가 죽게 되는 건가요…? 그러면 안 되는데…' 등이 정상적인 반응이었다.

그러면 그때 카리스마 있게끔 치고 들어가면 되는데, 하루의 대답은 에벰을 당황하게 만들었다.

"그게 끝인가? 이하루, 유일한 마법사. 내가 너의 소중한 사람을 살려줄 수도 있다."

이번엔 놀라겠지, 자신에게 이런 기회가 찾아오다니 신께 감사… 아니, 자신에게 감사하다고 기회를 줘서 너무나 고맙다고 할 차례이다.

"조건은? 조건. 악마가 아닌 이상 영혼이라든가 그런 건 아니겠지."

"있지, 물론 있지. 참, 이렇게 냉정한 인간이었나? 이

하루."

결국 에벰은 포기 했다는 듯 고개를 도리질했다.

하루의 눈에 보이는 에벰은 약간 이국적이지만 창백해 보이는 남성의 모습이었다.

그런 에벰은 이런 중요한 얘기를 하며 변기 뚜껑을 내리고 그 위에 앉았다.

하루도 사실 이 이상한 놈, 자기가 신이라고 말하는 놈이 자신을 해할 생각이 없는 듯 보여서 갑옷을 벗었다.

"내 조건은 단 하나. 이미 가으하네나… 성기사단에게서 들었겠지, 메르헨이라는 곳 말이야."

'진짜 신인가? 메르헨… 듣긴 했지, 다른 세상이라고.'

하루는 고개를 한 번 끄덕이고는 다음에 나올 말을 기다렸다.

"이제 그곳과 이곳이 점점 동화될 것이다. 강한 몬스터들이 이쪽으로 유입되겠지, 물론 아바칸과 같이 너무 강한 놈들은 최대한 막을 것이다. 다른 사람들과 지구를 지켜라, 완벽한 동화가 될 때까지 몬스터들을 처치하면 되는 것이다."

"동화? 같이… 아니, 같은 세상이 된다고?"

"좀 더 쉽게 말을 하자면 호환이 된다고 볼 수 있지. 메

르헨에 있던 몬스터들과 인간 즉, 생명체들을 받아들일
수록 메르헨 자체의 생체 에너지가 상승하고 차원이 붕
괴되는 현상을 막을 수 있는 것이지."

하루는 인상을 썼다.

왜, 왜 동화가 되고 그 메르헨이라는 곳을 왜 구해야 하
는 것인지 하루로서는 이해가 잘 가지 않았다.

"몬스터가 들어온다…라. 완벽히 동화가 된다면 어떻
게 되는 겁니…까?"

"지구와 메르헨은 여러 면에서 비슷해질 것이고, 지구
에서도 메르헨을 갈 수 있게 되는 것이지. 물론 아무나
갈 수 있는 건 아니고."

뭐 이리 복잡한지 모르겠다.

어쨌든 신이 하라는 일이고 소중한 사람, 엄마를 살릴
수 있는 일이었다.

조건은 단 하나, 몬스터만 잡으면 되는 것이다.

"하루야~ 뭐해?"

"이하루, 아바칸 때의 팀… 좋더군. 허락한 것으로 알
겠다. 이건, 메르헨의 라헤르가 주는 것이다."

유정의 목소리가 밖에서 들렸다.

그러나 에벰은 끝까지 할 말을 하고는 두꺼운 책 한 권
을 하루에게 건넸다.

하루가 대답을 채 하기도 전에, 이게 뭐냐고 물어보기

도 전에 에벰의 모습은 스르르 사라지고 난 후였다.

"나 나가~ 잠시만~"

유정에게 소리치고 하루는 에벰에게 받은 책을 물끄러미 바라봤다.

몬스터들의 대이동이 눈에 띄게 보였다.

단, 하나의 종족이 아니었다.

여러 몬스터들이 한 대 섞여 있는 것이다.

이미 폐허가 된 곳은 지나가고 그렇지 않은 곳들은 자체적으로 폐허를 만들며 지나갔다.

능력자 한둘이 막을 수 있는 몬스터 수가 아니었다.

이들의 선두에서 돌덩이로 된 골렘형 몬스터를 타고 이동 중인 사람이 있었다.

옆에는 탐스러운 가슴을 지닌 여성과 귀여운 여학생들까지 있었다.

동공은 움직이지 않았다.

한곳만 바라보며 무작정 걷고 있었다.

"이제 거의 다 왔다. 하… 퀘스트가 정말 어렵군."

그 사람의 정체는 라베였다.

하루 앞에 나타났다가 여러 곳곳을 돌아다니면서 레

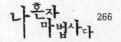

266

벨을 올리고 정신 지배 스킬을 거의 상급까지 끌어올렸다.

엄청난 모험이었다.

정말이지, 죽을 고비를 몇 번이나 넘기고 여기까지 왔는데… 조금이라도 쉬고 싶은 마음뿐이었다.

라베는 옷을 갈아입었다.

그들이 좋아하는 붉은색이 감도는 코트였다.

이국적 얼굴을 지닌 라베에게 잘 어울렸다.

'잘 보이기 위해 이런 것도 사다니… 참…….'

"뭐라도 얻어먹으려면. 잘해야지, 그래."

짙은 안개가 깔려 있는 곳의 경계면을 바라보던 라베는 날아오는 수십 마리의 박쥐떼를 볼 수 있었다.

골렘의 어깨에서 내려와 박쥐떼에게 인사를 올렸다.

"다치아 님의 계약자, 라베라고 합니다. 귀족 여러분."

"인간이… 잠시만, 다치아? 계약을 했다고? 나름 티가 나긴 하다만……."

"웬 괴생명체들이 이곳까지 흘러들어왔나 했더니만, 너의 짓이었군."

박쥐떼는 약 여섯 명의 뱀파이어로 변해서 라베의 앞에 나타났다.

화장을 짙게 한 듯한 모습이 약간 우스웠지만 내색할 수는 없었기에 정중히 말을 꺼냈다.

"네. 다치아 님이 능력을 좀 나눠주셨습니다. 가주님을 뵙고 전해드릴 말씀이 있어서 이렇게 오게 되었습니다."

"가주…? 아, 지금의 로드이신… 거기, 라베라고 했나?"

"네, 라베라고 합니다."

"어디서 눈대중으로 예의를 훑어보고 왔나 보지? 로드님의 앞에선 더 예의바르게 행동하도록. 아니면… 그 자리에서 즉시 너의 피맛을 볼 테니깐."

피부로 직접 와 닿는 살기와 냉기를 느낀 라베는 고개를 깊숙이 아래로 숙이며 눈치를 봤다.

'여기서 어떻게 더 예의 바르게 행동을 하라는 것일까'라고 의문이 들었지만 가주(지금은 로드라고 말하는 자)의 집에는 같이 들어가지 않을 테니 걱정하지 않았다.

'로드라… 이거 대박인데. 뱀파이어 로드가 내 계약자의 아버지. 운도 참 좋아, 난.'

"알겠습니다. 죄송하지만 제 노예들은 여기 둬도 되겠습니까."

"이 안은 안 되지만, 여기라면 괜찮다."

"네, 감사합니다. 빠르게 뒤따라가도록 하겠습니다."

뱀파이어들은 비웃는 듯한 모습이었다.

인간 따위가 아무리 다치아와 계약을 했거니… 자신들

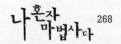

의 스피드를 쫓아올 수 있다는 것이 우스울 뿐이었다.

다들 박쥐로 변환을 하고서 날기 시작했다.

라베가 간단히 몬스터 대군단에 명령을 내리고 날아가는 박쥐, 뱀파이어들을 쳐다봤다.

"모드—박쥐."

간단한 시동어와 함께 라베는 수십 마리의 박쥐들로 변했다.

레벨이 올라가면서 저절로 익히게 된 스킬인데 사용을 하는 동안에 익숙하지 않아서 많이 애를 먹었다.

걸어 다니던 사람이 박쥐가 되어서 하늘을 날아다닌다.

이러면 당연히 어색해서 몸을 제대로 가누지 못하게 된다.

그렇지만 인간은 노력하고 환경에 진화하는 동물이다.

꺄아아아아아—

초음파까지 써가며 라베는 날아올랐다.

유일하게 있는 도주기이자 추격기인 이 스킬의 등급을 많이 올려둘 필요가 있었다.

다른 스킬들도 뭐 비슷하긴 했다.

엄청난 속도로 앞서가던 뱀파이어들을 따라잡았다.

그러나 추월을 하진 않았다.

길을 모르기도 했으며 예의를 지키기 위해서였다.

　－밤의 귀족, 뱀파이어들의 마을 '블러디 미르'에 입장
하셨습니다.
　－뱀파이어와 계약자인 라베 님은 뱀파이어의 저주를
빗겨갔습니다.
　－뱀파이어와 계약자인 라베 님의 스킬 숙련도가 일주
일간 두 배로 상승하여 오릅니다.

　시끄럽게 알림음이 들려왔다.
　라베는 블러디 미르를 내려다봤다.
　생각하던 그 풍경과 비슷했다.
　음산함과 아무도 없는 길거리…는 아니었다.
　정처 없이 떠도는 뱀파이어들의 모습이 보였다.
　정확히는 뱀파이어의 모습이 아니라 생기가 없는, 어금
니만 기다란 인간의 모습이었다.
　전혀 귀족의 모습이라고는 찾아보기도 힘든 모습이었
다.
　잠시 후… 도착을 한 뒤에 저들의 정체를 물어보기로
하고, 마치 판타지 세계로 온 것만 같은 삐죽삐죽하는 고
급스러운 성들로 눈요기를 했다.
　'사치가… 후, 장식품 하나하나가 수백 년은 된 것 같

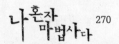

다. 문화재들도 있을 것 같은 느낌이······.'

라베의 눈은 탐욕스러운 모습으로 차올랐다.

빠르게 날아서 그렇게 구경을 얼마 하지도 않은 채 전방에 대형 성 하나가 보였다.

거대한 중국의 자금성보다 두 배 정도는 큰 크기였고, 고급스럽다는 단어가 전혀 고급스럽지 않았다.

"여기부턴 걸어서 들어가라. 예의, 조심하도록. 로드는 매일 그 자리에 계신다. 특별한 일이 없으시면."

뱀파이어는 끝까지 가오를 잡으며 라베를 안내했다.

로드의 성, 정문에 선 라베는 긴장을 했다.

아니, 긴장이 될 수밖에 없었다.

'이하루, 이하루를··· 처리하기 위해선.'

지금부터 로드에게 가서 다치아에 관한 얘기와 이하루를 처리할 계획들을 말할 생각이다.

약간의 거짓말이 포함되기는 할 것이지만 대체로 진실들이다.

블라디 미르 입구에서부터 안내를 해준 뱀파이어가 일러준 대로 성 내부로 들어갔다.

안으로 들어와 보니, 확실히 성이 크다는 것을 더욱 실감했다.

고급스러운 도자기들과 그림들도 눈에 보였다.

"후··· 아르고이다 님, 저 라베라고 합니다. 다치아 님의 계약자로……."

쾨—앙!

고급스러운 문양의 문 앞에 선 라베는 일단 문을 두들
기고 이름을 말했다.

그리고 다치아의 얘기가 나오자마자 문이 벌컥 열렸
다.

망가지지 않았을까 걱정할 정도의 힘으로 열렸다.

여기까지는 라베가 예상한 대로였다.

자신의 딸에 대한 얘기를 이상한 놈에게 들으니 흥분을
할 수밖에 없었다.

"다치아, 지금 다치아라고 했나?"

"아르고이다 님, 일단 진정을 하시는 것이… 전부 말씀
을 드리겠습니다."

"그, 그래. 그래야지, 다치아! 내 딸의 얘기인데!"

아르고이다는 고개를 끄덕이며 로드의 의자에 가서 앉
았다.

역시나 안절부절, 가만히 있지를 못했다.

로드로서의 모습은 사라진 지 오래였다.

어서 이야기를 해보라는 듯 아르고이다가 쳐다보자 라
베도 그에 응답하듯 빠르게 다가가서 입을 열었다.

"다치아 님은 살아계셨습니다. 이하루, 그자가 나타나
기 전에 외국인들의 손에 당했을 때 말입니다. 그 후에도

살아계셨습니다.”

 “그래서, 지금은? 지금은 어디에 있는 것이냐?”

 “돌아가셨습니다. 영면, 전부 그 이하루라는 놈 때문입니다. 강가에서 돌아가셨습니다.”

 하루와 다치아가 싸울 때, 라베는 멀리 떨어져서 정신 지배로 인한 감시를 하고 있었다.

 다치아가 갑자기 나타나서 놀랐지만 이미 제정신이 아니었다.

 역시나 다치아가 당하고 나서 라베는 다치아가 입고 있던 옷 조각과 뱀파이어의 상징인 어금니를 챙겼다.

 “여기, 이게 유품…입니다. 그 녀석, 이하루는… 꼭 없애야 하는 놈입니다. 위험한 인간이죠.”

 으득, 라베의 이가 갈렸다.

 아르고이다가 다치아의 유품을 받아들었다.

 눈물을 흘릴 줄 알았는데 이럴수록 냉정하자는 주의인지 표정에 갑자기 변화가 사라졌다.

 무표정, 그 자체였다.

 “원하는 게 있으니 이걸 가지고 왔겠지. 라… 라베?”

 “네, 다치아 님의 복수를 원합니다.”

하루는 책을 펼쳐 보고는 몇 분간 입만 벌리고 있었다.

유정이 부르는 소리도 잘 들리지 않았다.

왜 이것을 준 것일까, 더 강해지라고?

계약금 대신인가… 왜 이런 호의를 베푸는 것인지 의문이 들었다.

선물이라고는 했지만 선물치고는 너무 값비싼 물건을 받았다.

마법사의 책. 1∼9서클.

많이 듣고, 게임에서도 소설책에서도 많이 봤던 바로그 '서클'이었다.

마법마다 경계를 나누고 난이도를 나눈 것, 마법서라고불리는 것이었다.

"내가 이걸 익히면……."

보통 판타지 소설이나 게임에서는 레벨을 올리거나 수련을 통해서 마법을 익히지만 하루는 지금 '게임화'된 캐릭터다.

물론 위력은 어떨지 모르지만 '마법서를 습득하시겠습니까?' 하고 알림음이 들려올 때 '예'라고 한 마디만 하면 9서클까지의 모든 마법들이 들어오는 것이다.

하루는 씨익— 웃었다.

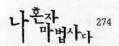

이건 고민할 필요도 없었다.

"습득."

―마법사의 책, 1~9서클의 마법을 습득하셨습니다.
중복되는 스킬들은 삭제됩니다. 초급부터 등급이 매겨
지고 수련을 통해 위력을 강화시킬 수 있습니다.

"하루야, 뭔 일 있어? 안에 있긴 해? 마법으로 어디 도
망간 거 아니야?"

"풋. 무슨 도망? 나 여기 있잖아. 아구, 귀여워."

확인은 나중에, 하루는 바로 화장실 문을 열고 나왔
다.

귀여운 잠옷을 입고 있는 유정의 모습이 보였다.

마음 같아서는 아침부터 하고 싶었지만 참았다.

기분이 너무 좋았다.

"밥 먹어. 국 다 식었겠다. 에휴……."

"와… 잘 먹을게."

하루는 껴안았던 유정을 놔주고 식탁으로 향했다.

기분 좋은 표정의 하루였지만 유정은 영 아니었다.

마치 뭔가 할 얘기가 있는 듯한 모습이었다.

눈치를 챈 하루는 국물 몇 숟가락 떠먹고 숟가락을 내
려놓고 유정을 쳐다봤다.

"어제 얘기 못한 게 있어. 갑자기 일이 이렇게 저렇게 흘러가다 보니 잠시 잊은 것도 있고……."

"무슨 일인데? 얘기해봐."

"태호… 태호… 아바칸한테 당했대. 서울 친구 만나러 갔다가……."

하루의 표정이 급격이 굳었다.

한 번 눈을 꾹 감았다가 떴다.

태호, 그나마 친구들 중에서 잘살던 친구였고 성격도 좋고 대학도 좋은 곳으로 간 놈이었다.

학창시절을 같이 보냈는데, 몇 년을 알고 지내던 친구였는데, 이제 얼굴을 보지 못한다니… 영정 사진으로밖에 보지 못한다니, 착잡해졌다.

밥도 먹지 못하고 하루는 유정에게 준비하고 바로 아바칸에게 당한 희생자들을 위해 만든 무덤에 가자 말을 했다.

"태호, 좋은 곳에 갔겠지. 다른 애들은 이미 다녀갔고?"

"응. 쭉 있다가… 갔다네."

산소 초입부터 분위기가 범상치 않았다.

레이스라도 나올 것 같았지만 이 사람 많은 곳에 나타날리는 만무, 하루는 비통한 표정으로 걸었다.

창수와 희찬이, 강익이가, 아바칸이 날뛰는 가운데 무

사한 것은 다행이었다.

이 셋마저 어떻게 됐다면 더욱 많이 힘들었을 것이다.

"아이고… 아이고… 난 어찌 살라고……!"

"사랑해. 사랑해… 그 자식 잡혔대. 응? 마법사가… 팬이었잖아… 후… 편히 쉬어……."

눈물은 기본, 곡소리와 비명, 욕이 난무했다.

축축 처져서 당장에라도 죽을 것 같은 사람들도 있었다.

원래 이런 의도로 만들어지긴 했다.

유정이 태호의 이름으로 된 무덤을 찾고 손을 흔들었다.

"먼저 가냐, 나 빼놓고. 자전거 여행 한 번 가자고 했으면서."

"나도 같이 가자고 했는데. 한 번 갈 걸 그랬나."

무덤 앞에 꽃을 놔두고 한탄을 했다.

유정의 눈가엔 눈물이 차올랐다.

산소에 오면서 울지 말고 좋게 보내주자 약속을 했지만 참을 수는 없었다.

하루도 울컥했지만 억지로 웃었다.

웃으면서 보내주고 싶은 마음이었다.

운다고 다시 살아 돌아오는 것도 아니고.

'신, 신한테 태호도 같이… 살려 달라 하면, 쉽게 해

줄까.'

오늘 찾아온 신이 떠올랐다.

다음에 다시 만나게 된다면 부탁을 할 생각이다.

들어줄 수도 있으니 말이다.

묵념을 하다가 하루는 하늘을 쳐다봤다.

맑은 하늘이다.

"…? 이재영……."

착잡한 심정에 고개를 돌려 사람들을 둘러보다가 한 명이 눈에 들어왔다.

멍하니 목석처럼 서 있는 사람, 아바칸을 잡는 데 많은 영향을 끼친 이재영이었다.

그때는 뭘, 누구를 찾는지 몰랐지만 지금은 왠지 알아야 할 것 같았다.

하루는 유정에게 잠시만 아는 사람한테 좀 갔다 오겠다 하고 이재영에게 다가갔다.

"이재영 씨."

"…너도 신을 만났겠지."

"네, 역시나 당신도……."

"난 살려야 할 사람이 있어. 마찬가지로 소중한 사람이 죽어서 여기 온 거겠지? 이하루."

"엄마를… 엄마를……."

이재영은 무덤에서 눈을 떼지 않았다.

눈물을 더 흘리고 싶은데 몸에 수분이 없는 듯한 눈이었다.

'태호도⋯⋯.'

"조건은 들었겠지. 웬만한 몬스터는 혼자 처리가 가능해, 알다시피."

"무슨 말 하는지 잘 알겠어요. 전화번호는 알고 있죠?"

끄덕.

하루는 몸을 돌렸다.

이재영이 다음으로 무슨 말을 할지는 알았다.

강한 몬스터가 나오면 그땐 아바칸 때처럼 하자고 말하려는 것이겠지.

살짝 뒤돌아보니 주저앉은 모습이다.

하긴, 서 있기도 지금은 힘들어 보였다.

한 달 동안 한국의 시간은 바쁘게 흘러갔다.

각자 사람들도 슬픔에서 이제 벗어나고 살 궁리를 하는 단계였다.

별다른 일은 없었다.

채령은 생각했던 대로 정신병원을 찾아갔다.

아바칸 때문에 정신에 이상이 생긴 사람들이 너무 많아서 거의 한 달 정도가 지난 후에야 상담을 할 수가 있었다.

"네, 무슨 일 때문에 오셨어요?"

"제 주인님… 아니, 어떤 분 때문에… 입원을 해야 하나, 무슨 문제가 있는 것은 아닌가 해서요. 제가 볼 때는 문제가 분명히 있는데요."

채령은 그동안의 일, 하루와 하루 엄마에 대한 얘기를 의사에게 설명을 했다.

다 듣고 나서 의사는 고개를 끄덕이더니 별문제가 없는 것 같다고 말을 했다.

"아니, 왜요? 문제가… 있는 거 아닌가요?"

"의사인 제 판단으로는, 이제야… 정신을 제대로 차린 것 같습니다. 응원해주세요. 많이 힘들어서 밤에 울기도 할 겁니다."

결국 문제가 없다는 말이었다.

한편으로 걱정이 됐지만 문제가 없다니… 정말 다행이었다.

집으로 돌아온 채령을 하루가 기다리고 있었다.

채령을 소파에 앉히고, 가으하네와 말랑이가 전부 모이자 하루는 미소를 지으며 입을 열었다.

"우리 이사 간다. 넓은 집으로!"

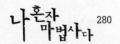

"정말인가? 주인, 정말?"

"드디어 이사라는 것을 가는군. 앞에는 마당이 있었으면 좋겠는데, 수련을 할 수 있게끔 조금 망가져도 별문제가 없는 그런 곳……."

말랑이와 가으하네가 환호를 질렀다.

채령도 싫지는 않은지 미소를 지었다.

하루는 이왕에 돈 쓰기로 한 거 이미 차도 한 대 뽑아 놨다.

국민 자동차인 쏘나타였다.

그냥 기본적인 차를 뽑았다.

언제 무엇 때문에 망가질지 모르니 싸고 좀 쓸 만한 걸로 산 것이다.

"일단 이 집은 안 팔 거야. 새 집으로 지금 가볼까?"

하루는 모두를 태우고 새롭게 장만한 집으로 향했다.

앞으로 셋의 보금자리가 될 곳이었다.

일주일 만에 딴 면허증을 자랑스럽게 지니고 시원하게 도로를 달렸다.

"근데, 주변에 편의점이나 커피숍 같은 게 좀 멀리 있어. 그래도 괜…찮지?"

"어디길래요? 요즘은 다 조금만 나가면 있는데."

"그게… 옆에 저거 보이나? 저건데."

하루는 채령의 눈치를 약간 보면서 이야기를 꺼냈다.

채령은 '뭐지' 하면서 고개를 돌려보곤 설마설마하는 얼굴 표정이 되었다.

광활한 대지, 파룻파룻한 풀, 닭과 젖소들이 뛰어놀 것 같은 목장이었다.

멀리 보이는 집의 모습은 나름 신경 쓴 것 같은 모습의 외관이었다.

가으하네와 말랑이는 '오오!' 하면서 딱 맞는 곳이라며 좋아했다.

그러나 채령은 아니었다.

채령도 여자였기에 놀거리가 있는 도시가 좋았다.

"난 거기서 살래요. 원래 집!"

"아, 아… 거긴……."

하루는 슬슬 말을 흘렸다.

채령은 단번에 눈치를 챘다.

더 뭐라고 하지 못할 것 같았다.

어쩔 수 없이 이곳에 적응하는 수밖에 없었다.

"뼈 삭아요, 뼈 삭아. 아주 거기서 사는 건 아니죠? 우리랑 같이 살아야죠!"

"가끔 갈 거야. 가끔……."

넓은 이 땅들이 이제부터 살 곳이었다.

목장으로 들어온 가으하네와 말랑이는 이리저리 날뛰었다.

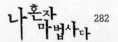

이제 마음껏 검을 휘두르고 대련을 해도 되기에 그동안 참아왔던 것들을 방출해낼 것이다.

'나도 숙련도 올려야지.'

하루가 이곳을 구입한 이유 중 또 하나는 자신 때문이었다.

1~9서클의 마법.

초급을 벗어나기 위해선 마법을 마구 쏴대야 하는데, 일반 운동장이나 사람들의 눈길이 닿는 곳에서는 그러지 못했기에 이곳을 선택한 것이다.

거대한 새로운 집 내부는 따뜻한 목재 느낌으로 인테리어를 해뒀다.

각자 방을 쓸 수 있게 되었기에 더 좋아할 것이다.

"스킬… 다 쓸 만한데…….."

하루는 '뭐부터 초급에서 벗어날까, 어떻게 응용을 할까'라는 생각들이 머릿속에 맴돌았다.

한동안 재미있게 살 것 같았다.

마법 가짓수만 봐도 머리가 아프긴 했다.

수십 개의 마법들이 있었고, 신기하고 이곳이 아무리 이렇게 넓은 곳이라고 해도 써도 되나 하는 마법들이 있었다.

분명 이 자체만으로도 강하겠지만, 이것을 준 이유가 분명 있을 것이다.

하루는 주머니에서 쪽지 하나를 꺼냈다.

쪽지를 받은 사람은 하루뿐만이 아니었다.

로벨리아, 유한정과 조준호에게서도 연락이 왔고 이재영에게도 연락이 왔다.

그 외에도 쪽지를 받은 사람은 있을 것이다.

이제 대선, 새로운 대통령과 국가 능력자 관리 부서가 커가면서 이 나라는 새로운 법들도 생기고 변화를 해갈 것이다.

"오늘이지."

하루는 쪽지를 열었다.

나머지 사람들도 모두 확인을 하고 있었다.

쪽지는 에벰, 지구를 담당하는 신이 보낸 것이었다.

쪽지에는 오늘 날짜와 함께 밤에 '동화'가 시작된다는 말이 쓰여 있었다.

지금도 많다면 많은 몬스터들이 지구에 주거하고 있지만 동화가 시작된다면 짜잘한 몬스터들이 더욱 늘어날 것이다.

능력들을 온전히 가지고 있는 사람들은 오늘 밤 이후에 느끼게 될 것이다.

"변화는 이제 시작이다."

세계 곳곳에는 어둠이 짙게 깔린 틈으로 차원의 균열들이 마구잡이로 열렸다.

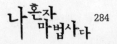

스펙트럼을 지나가는 빛과 같은 모습이 동그랗게 공간을 일그러트리는 모습이었다.

"내 변화도… 이제부터."

〈5권에 계속〉

어울림
평범한 그녀석
OULIM FANTASY BOOK
REcoN 장편소설
"이제 평범하게 살고 싶다."
대학 친구들과의 해외여행.
그리고 그들이 흘러들어간 어느 섬.
그곳에서 엄청난 운명과 마주하게 된다.
죽음의 땅에서 가족의 품으로 다시 돌아온 태진.
평범한 삶을 살고 싶었지만…….
섬에서 만난 위험한 존재들과의 싸움이 끝나지 않았다.
소중한 사람들을 지키기 위해
이제 마지막 싸움을 준비한다!!!

아젤란의 창

세상에 알려지지 않은 존재, 은자림.
그들이 분열되어 세상에 나타났다.

으득.
"모두 죽여 버리겠다."

아버지와 형의 죽음에 분노한 백호무문의 후예, 최
그 앞에 이계의 존재들이 나타나게 되는데……

신의 병기, 아젤란의 창을 손에 넣은 초
이제 처절한 전쟁의 서막이 오르고
백호의 포효가 세상을 뒤흔든다!!

송세종 장편소설

어울림